Das Weihnachtswunder
von
Schloss Neuschwanstein

Marion Wittrowski

Das Weihnachtswunder
von
Schloss Neuschwanstein

Ein wenig geben und so viel bekommen.

Impressum

© 2007 Marion Wittrowski

Covergestaltung: Klaus Wittrowski

Coverbild:©koi-Fotolia.com

Lektorat: Marena Broksche

Herstellung und Verlag:

Books on Demand GmbH, Norderstedt

ISBN-13 9783833495717

Die Zeit der Besinnlichkeit und Wunder

Liebe Leser und Leserinnen, dieses Buch liegt mir ganz besonders am Herzen.

Hier handelt es sich um eine ergreifende Weihnachtsgeschichte. Das Verwalterehepaar von Schloss Neuschwanstein, selbst kinderlos, nimmt sich jedes Jahr zu Weihnachten Obdachlosen, insbesondere Kindern an. Doch in diesem einen Jahr kommt alles anders, es läuft nicht so problemlos wie sonst.

Weihnachten ist die Jahreszeit, in der es nicht um Nehmen, sondern um Geben geht. Was ist der Sinn von Weihnachten? Anderen Menschen, die es schwerer im Leben haben, zu helfen. Es geht um die Liebe unter den Menschen, um Nächstenliebe. Man braucht keine Reichtümer um anderen die Hand zu reichen und zu sagen, komm verbring ein paar Stunden unter Freunden. Wie sieht unser Esstisch am Heiligabend aus? Voll mit leckeren Vorspeisen, Braten, Beilagen und Desserts. So viele Menschen wären über eine heiße Suppe an einem kalten Wintertag überaus dankbar.

Geben Sie nur etwas von dem, was Sie haben und machen Sie einen Menschen glücklich. Erfüllen Sie die Herzen der anderen mit etwas Wärme und Liebe, lassen Sie ein Wunder geschehen.

Ich wünsche Ihnen allen ein besinnliches Weihnachtsfest im Kreise der Familie

Ihre *Marion Wittrowski*

Was für ein Anblick, das Schloss thront wie angewachsen auf dem Burgfelsen, ein Bild wie von einem Zuckerbäcker gemacht. Alles ist mit Schnee bedeckt, die Landschaft sieht aus, als ob sie jemand mit Puderzucker bestreut hat. Die ersten Sonnenstrahlen hüllen das Schloss in ein Meer von Farben. Es wirkt so mächtig, als ob es die Sonne für sich ganz allein in Anspruch nehmen will. Alles wirkt so friedlich, so einladend und romantisch. Die Pöllatschlucht unter der Marienbrücke ist von Eis überzogen und wirkt wie aus einem Märchen.

Man erwartet regelrecht Elfen oder Feen, die an der Felswand ihre Spielchen treiben.

Richard schüttelt den Kopf: „Hier stehe ich nun auf der Brücke, wie jeden Tag seit 30 Jahren, und stets gehen mir diese Gedanken durch den Kopf."

Richard, ein recht staatlicher Mann in den Fünfzigern, steht versonnen auf der Marienbrücke. Sein schon graues Haar und der ebenso ergraute Bart glänzen wie Silberfäden in der Sonne. Sein Blick ruht auf dem Schloss: „Nirgendwo anders auf der Welt möchte ich lieber sein als hier", denkt er bei sich und ein zufriedenes Lächeln huscht über sein noch immer gebräuntes Gesicht.

Richard ist der Verwalter in dem 1886 von König Ludwig II. erbauten Schloss Neuschwanstein.

Zusammen mit seiner Frau Resi bewohnt er eine große Wohnung in der Kemenate, dem dreigeschossigen Bau zwischen Innenhof und Schlucht. Dort befindet sich auch sein Büro, von wo aus er alle kleinen und großen Probleme mühelos beseitigt.

Resi, eine etwas rundliche kleine Frau, sorgt sich um jeden einzelnen der vielen Helfer, die sich um das Schloss kümmern. Da gibt es die Führer, in der Hochsaison sind es so um die zwanzig, jetzt im Winter reichen zehn. Die Besucherzahl liegt im Dezember täglich etwa bei 4000 Menschen, die durch das Schloss geführt werden möchten. Dann gibt es noch die Reinigungstruppe, viele Frauen und Männer aus den umliegenden Orten wie Schwangau und Füssen, die die Spuren der Touristen beseitigen müssen. Dann noch zwei Handwerker, die kleine Reparaturen erledigen. Franz ein älterer Herr um die sechzig, lag Resi besonders am Herzen. Seine Frau war vor einem Jahr gestorben und er schien das nicht überwinden zu können. Franz überwachte die 15 Monitore, die in einem kleinen Raum neben dem Büro standen. Von da aus konnte er jedes Zimmer im Schloss überwachen. Resi versorgte ihn jeden Tag mit Mittagessen und einer halben Stunde Zeit um sich Geschichten von seiner Frau anzuhören. Für die anderen aus der Truppe backte sie Kuchen oder Kekse. Und auch von ihnen hörte sie sich die Sorgen

8

oder Wochenenderlebnisse an. Resi hat für jeden ein offenes Ohr und das wird gerne von allen in Anspruch genommen.

Obwohl Resi zwei Köpfe kleiner als ihr Mann Richard ist, begegnet man ihr mit demselben Respekt. Mit ihrer resoluten Art, diesen immer freundlich dreinblickenden braunen Augen und den kleinen Grübchen auf ihren Wangen, zieht sie jeden sofort in ihren Bann. Die dunkelbraunen Haare mit den einzelnen silbernen Strähnen, geflochten zu einem dicken Zopf, und der rosigen Gesichtsfarbe geben den Anschein, Resi sei ein Landmadl.

Die meisten jedoch denken Resi hat das Herz auf dem rechten Fleck. Sie ist überaus intelligent und weiß genau, was sie will. Damit haben sie wohl Recht.

Richard verlässt die Marienbrücke mit einem kleinen Seufzer. Obwohl es im Dezember hier oben bitterkalt ist, macht er jeden Morgen um 6 Uhr seine Runde. Zuerst wird der obere, dann der untere Schlosshof in Augenschein genommen. Dann geht es weiter durch den zinnengekrönten Torbau. Der Rundgang endet stets an der etwa 600 Meter entfernten Marienbrücke, von wo aus man einen einmaligen Blick auf das Schloss hat.

Hier verweilt Richard und dankt Gott jeden Tag dafür, dass er eine wunderbare Frau und ein einmaliges zu Hause hat.

Der Kaffeeduft steigt ihm schon in die Nase, als er zur Tür herein kommt. Resi hatte wie jeden Morgen den Frühstückstisch gedeckt. Es gibt frische Semmeln, Rührei und gebratenen Speck. Ein sehr deftiges Frühstück um diese Uhrzeit aber Resi besteht darauf, dass erst ordentlich gegessen wird, bevor man in den Tag startet.
Richard zieht den dicken mit Fell ausgeschlagenen Mantel aus und legte ihn über einen Stuhl, dann reibt er seine eiskalten Finger an der Kaffeekanne um sie zu wärmen.
„Oh Richard, du hast wieder deinen Mantel einfach über den Stuhl geworfen. Was soll das? Wir haben eine Garderobe, da kannst du ihn aufhängen. Und Handschuhe hattest du auch wieder nicht an". „Ist schon gut, Resi. Morgen nehme ich die Handschuhe mit, damit du zufrieden bist", beruhigte Richard sie.
„Du sollst das nicht für mich tun, sondern wegen deinem Rheuma. Heute Abend kannst du die Finger wieder nicht bewegen und dann geht das Gejammer los", erwiderte Resi.
Richard goss sich eine Tasse Kaffee ein und beschloss nicht weiter auf das Thema einzugehen. Sie hatte ja Recht, aber das musste man ja nicht zugeben.
An diesem Morgen war Weihnachten das Thema, denn beiden war es nicht vergönnt eigene Kinder zu haben. Deshalb kümmern sie sich

jedes Jahr zu Weihnachten um die Kinder aus der Umgebung, die Waisen und Obdachlosen.

„Richard, es sind nur noch fünf Tage bis Heiligabend und du hast immer noch nicht den Baum geholt. Würdest du das bitte heute noch erledigen?", erinnerte sie Richard an seine Aufgabe.

„Ich mach das schon noch, aber erst heute Abend. Heute haben wir einige Touristengruppen aus Japan und Amerika. Da werden wieder viele Plakate von Ludwig gebraucht und die muss ich noch auspacken. Außerdem ist ein Führer krank geworden, den werde ich wohl ersetzen müssen. Aber dann hole ich den Baum", klärte Richard sie auf.

Jedes Jahr am Heiligabend wurden zehn Kinder eingeladen, um ihnen ein wenig Geborgenheit und Liebe zu schenken.

Auch für dieses Jahr ist eine Feier geplant. Resi backt schon seit Tagen Kekse, organisiert im Dorf Decken, warme Kleidung und Spielzeug für die Kinder. Alles wird liebevoll eingepackt und unter den Baum gelegt, wenn er denn endlich da ist.

In diesem Jahr kommen nur Kinder, die kein Zuhause haben und mit ihren Eltern im Freien übernachten. „Es ist so eisig, da brauchen wir besonders warme Sachen für die Kinder", überlegte Resi laut.

Er nickte nur mit dem Kopf, steckte sich den letzten Bissen in den Mund und zog seine Jacke an. Um 10 Uhr kommen die ersten Touristengruppen, da muss alles fertig sein. „Sein" Schloss sollte sauber und ordentlich sein und im Glanz von einst erstrahlen. Er musste die Arbeiten beaufsichtigen, damit auch nicht geschlampt wurde.
Über 1 Million Besucher gingen jährlich durch das Schloss. Bei so einer Flut von Füßen musste besonders gründlich sauber gemacht werden, damit nicht der Glanz und Glamour von einst verblasst.
Richard ging durch die Zimmer, schaute in alle Ecken und überprüfte die Böden. Heute war alles in bester Ordnung. Er beschloss seinen Mantel zu holen und runter zum Wendeplatz zu gehen. Der Wendeplatz war die Endstation für die Kutschwagen, die die Touristen so nah wie möglich an das Schloss heran brachten. Wolfgang der Pächter von dem dort gelegenen Kiosk, war Richards Freund und er freute sich immer über einen Besuch des Verwalters.

Als Richard in die Wohnung kam um seinen Mantel zu holen, hörte er Resi sprechen. Oh schnell weg, sie telefoniert schon wieder mit irgendwelchen Leuten um Spenden zu bekommen. Wenn sie ihn erwischte, konnte er erst einmal wieder ins Dorf runter fahren und die

Sachen abholen. Dazu hatte er nun gerade wirklich keine Lust. Schnell den Mantel geschnappt und nichts wie raus. Auf der Treppe, draußen vor dem Kemenatenbau, zog er erst den Mantel über, dann machte er sich auf den Weg zu Wolfgang.

Der freute sich Richard zu sehen. „Der Kaffee ist gleich fertig, setz dich schon mal", forderte er seinen Besuch auf. Wolfgang war immer sehr früh da um die Zeitungen einzusortieren, sauber zu machen und neue Ware einzuräumen. Aber er nahm sich stets die Zeit für ein Schwätzchen, wenn Richard kam.

Bei einer Tasse heißen dampfenden Kaffee fragte Wolfgang dann auch nach dem Stand der Dinge für den Heiligabend.

„Na du weißt doch, wie jedes Jahr regiert bei uns im Haus das Chaos, wenn es wieder mal soweit ist. Resi hängt ständig am Telefon, backt was das Zeug hält und kommandiert mich rum. *Hol die Lebensmittel, denk an den Weihnachtsbaum, eine Lichterkette ist kaputt, besorg die Getränke und so weiter*", gab Richard belustigt Auskunft.

„Wenn ich Zeit habe, bedauere ich dich du armer Kerl", machte Wolfgang sich über seinen Freund lustig.

„Ich finde das toll was Resi jedes Jahr auf die Beine stellt. Übrigens, ich habe auch einige Kartons hier, die kannst du nachher mitnehmen. Ich spendiere in diesem Jahr Süßigkeiten, Papiertaschen und Geschenkpapier. Außerdem habe ich noch zwei Kisten Spezi besorgt. Die bringe ich aber heute Abend selber zu euch hoch. Wenn du Resi gleich siehst, kannst du ihr das schon mal sagen, dann kann sie die Dinge von ihrer Liste streichen", bat Wolfgang mit einem breiten Lächeln.

„Du bist ein wahrer Freund, halst mir noch mehr Arbeit auf, aber in Ordnung ich werde es ausrichten", witzelte Richard.

„Kommst du auch Heiligabend, oder hast du wieder eine neue Freundin?", fragte Richard vorsichtig nach. Wolfgang, Anfang fünfzig, sehr flott aussehend, mit lockigen vollen braunen Haaren und einer athletischen Figur, war noch nie verheiratet. Irgendwie schaffte er es immer wieder sich an die jungen Aushilfskräfte, die über den Sommer eingestellt wurden, heran zu machen. Manchmal hielt so eine Liebelei auch bis in das nächste Jahr hinein, dann kam er Weihnachten nicht zu Richard und Resi.

„Ich bin in diesem Jahr solo, aber ich bin bei einem alten Schulfreund in München.

In diesem Jahr komme ich nicht zu euch", erwiderte Wolfgang.

„Was ist los Wolfgang? War in diesem Jahr keine Herzdame dabei? Du wirst doch nicht alt, oder?", spöttelte Richard.

„Quatsch, ich und alt! Es war einfach keine dabei bei der es gefunkt hätte", rechtfertigte Wolfgang sich sofort.

Die beiden scherzten noch eine Weile, dann verließ Richard den Kiosk wieder und verschwand in Richtung Schloss. Schnell noch einmal bei Resi reinschauen und dann wurde geöffnet. Im Winter war das Schloss nur bis 16 Uhr geöffnet. Das gab etwas mehr Freiraum für größere Arbeiten oder das Privatleben.

Resi telefonierte gerade mit dem Supermarkt in Füssen um Essen und Süßigkeiten zu organisieren. Richard schenkte sich noch eine Tasse Kaffee ein, während er darauf wartete, dass seine Frau den Hörer auflegte.

„Stell dir vor, in diesem Jahr bekommen wir so viele Spenden, dass wir die Eltern der Kinder auch einladen können." Resi war total aus dem Häuschen. In diesem Jahr ist es besonders kalt und sie wollte auch den Erwachsenen einen warmen gemütlichen Abend bieten. Und Resi schaffte immer was sie sich vornahm. „Wenn du so weiter machst, haben wir demnächst das ganze Schloss voller Menschen.

Du kannst nicht alle Streuner dieser Welt beherbergen", gab Richard zu bedenken.

„Nein, das kann ich nicht aber so viele wie nur möglich. Schau doch einmal raus, Richard, es ist eisig da draußen und nun fängt es auch noch an zu schneien. Kannst du dir vorstellen, wie sehr

diese armen Menschen jetzt leiden, wie sie frieren und keinerlei Freude empfinden? Wie sie versuchen ihre Kinder vor der Kälte zu schützen und das noch mit knurrendem Magen? Ich muss das einfach machen, verstehst du das Richard?"
„Ist ja schon gut, Resi. Reg dich nicht auf, es war gedankenlos von mir. Natürlich werden wir so viele Menschen wie es geht an diesem Tag glücklich machen.
Aber was ist an dem Tag danach? Wenn sie wieder in die Kälte hinaus müssen? Werden sie nicht noch unglücklicher sein?", fragte Richard vorsichtig nach.
„Da denke ich auch schon länger drüber nach. Aber ich hoffe sie werden von diesem einen Tag, den wir ihnen schenken, einige Zeit zehren und vielleicht bekommen sie wieder Mut, wenn sie das Gefühl haben nicht allein auf dieser Welt zu sein. Wenn sie erkennen, dass es Menschen gibt, die sich noch um andere kümmern. Wenn sie erkennen, dass der Sinn von Weihnachten noch nicht verloren ist. Vielleicht schöpfen sie wieder neue Hoffnung." Bei den letzten Worten wurde Resi ihr Gesichtsausdruck ganz traurig.
„Oh Resi, sei nicht traurig. Es wird alles gut. Wir vertrauen auf ein Wunder, das soll es ja zuweilen an Weihnachten geben", tröstete Richard seine Frau.
„Ich soll dir übrigens von Wolfgang sagen, er habe für dich Süßigkeiten, Papiertaschen und

Geschenkpapier. Ich habe schon eine Kiste mitgebracht, die steht auf dem Flur. Zwei Kisten Spezi bringt er dir heute Abend selber hoch. Das andere hole ich heute Nachmittag, ist das in Ordnung?"

Resi nickte. „Ja das ist es. Aber denk bitte an den Weihnachtsbaum, der muss morgen geschmückt werden, sonst schaffe ich das alles zeitlich nicht", erinnerte sie ihn noch einmal.

Richard stellte seine leere Tasse ab und erhob sich für den nächsten Gang durch das Schloss, die ersten Führungen waren bereits vorbei und da gab es immer was zu erledigen.

Resi machte sich wieder an ihre Kekse. In diesem Jahr brauchte sie mehr als sonst, schließlich waren viele Erwachsene dabei.

Richard kam unterdessen im Thronsaal an. Was war das? Papier von einem Schokoriegel auf der Marmortreppe, die zu dem nicht vorhandenen Thron führte. Was sind das für Menschen, die trampeln hier durch ohne die majestätische Schönheit zu würdigen.

Für König Ludwig II. war das Schloss nicht nur Schauplatz königlicher Repräsentation, sondern ein Ort des Rückzugs aus seiner von verdrehten Gedanken beherrschenden Welt. Hierher kam er, um sich in eine poetische Traumwelt zu flüchten, immer auf der Suche nach der Romantik in seinem Leben. Der Schwan war das Wappentier, das christliche Symbol für „Reinheit", nach der König Ludwig II. so sehr strebte. Wenn er sehen würde, wie es hier nach einer Führung aussah, würde er sich im grabe umdrehen.

Während Richard auf den Pfaden der Vergangenheit wandelte, hatte Resi die Realität vor Augen. Achtzehn Menschen werden am 24. Dezember abends hier voller Erwartungen stehen und sie hatte noch so unendlich viel zu erledigen. Alles sollte perfekt sein. Jeder dieser achtzehn Menschen sollte eine große Tüte mit selbstgebackenen Keksen, Obst, Wurst, Brot und Käse bekommen. Außerdem mussten noch die Geschenke eingepackt und der Tannenbaum geschmückt werden. Es hilft nichts, Richard muss mithelfen. Wo steckt er nur wieder? Wahrscheinlich wanderte er heute zum fünften Mal durch das Schloss um Papierschnipsel aufzuheben.

Resi machte sich daran das Mittagessen fertig zu machen. Sie nahm einen Teller und machte sich auf den Weg zu Franz. Der hatte sicherlich schon Hunger, schließlich war es schon weit nach Mittag.

Resi entschuldigte sich auch sogleich, dass es heute so spät geworden ist. Doch niemand im Schloss nahm ihr das übel. Alle wussten, je näher der Heiligabend kam, um so mehr hatte Resi zu tun. Franz freute sich über die Schweinshaxe mit Sauerkraut und ließ es sich gleich schmecken. Nach Richard brauchte Resi auch nicht weiter suchen. Der stand bei Franz und beobachtete die Touristen an den Monitoren, immer auf der Suche nach einem Papierschnipselsünder.

Resi unterhielt sich noch eine kleine Weile mit Franz, dann ging auch sie mit Richard essen.

Am Mittagstisch fragte Richard vorsichtig an, wie es denn mit der Weihnachtsfeier für die Angestellten, die am 22. Dezember stattfand, so voran ginge. Ganz schlechtes Timing, das hätte er besser auf einen anderen Zeitpunkt verschieben sollen, denn nun musste er sich anhören, wie wenig er doch half und wie sie, Resi, das denn alleine schaffen solle. Richard bekam einen strengen Zeitplan, was er alles erledigen sollte. Dass hatte er nun davon.

Zuerst musste für die Weihnachtsfeier der Angestellten der Aufenthaltsraum geschmückt werden. Das sollte Richard heute Nachmittag mit zwei oder drei Leuten vom Personal machen. Aber dafür mussten die Dekorationen noch aus dem Keller geholt werden.

Resi wollte dann später dazu kommen und helfen. Doch als erstes mussten die Geschenke noch eingepackt werden. Jeder bekam eine hübsch verpackte Keksdose, gefüllt mit den selbstgebackenen Keksen und eine Weihnachtskarte mit den besten Wünschen von Richard und Resi.

Um vom Thema abzulenken, erzählte Richard von dem Papier im Thronsaal, und wie entrüstet er doch immer wieder sei. Resi hatte jedoch andere Sorgen. Die Lebensmittel für das Essen am 22sten mussten aus dem Dorf geholt werden, Kerzen und Servietten waren auch noch nicht da. Wie sollte sie das alles nur schaffen? Resi machte jedes Jahr so einen Wirbel und am Ende ging alles glatt. Es gab keinerlei Verzögerungen beim Essen, die Geschenke lagen unter dem Baum und die Feier war unglaublich schön. Alle waren zufrieden und freuten sich auf zwei arbeitsfreie Tage, am 24. und 25. Dezember war das Schloss, wie jedes Jahr, geschlossen.

„Willst du mich bei dem Wetter den Berg hinunter ins Dorf schicken?", fragte Richard nach.

„Wie sollen denn sonst all die Lebensmittel, und vor allem unser Weihnachtsbaum, hier herauf kommen?" Langsam wurde der Tonfall von Resi ärgerlich.

„Schon gut, wenn wir gleich geschlossen haben, werde ich sofort fahren", beschwichtigte Richard sie.

Die idyllische Lage des Schlosses ist einmalig. Hoch auf dem Berg gelegen, thront es majestätisch über der kleinen Stadt Hohenschwangau. Wenn die Touristen das Schloss besichtigen wollen, müssen Sie ihre Fahrzeuge im Dorf abstellen.

Den Rest des Weges, einen steilen Berg hinauf, können sie zu Fuß gehen, einen Transferbus nehmen, oder sich ganz romantisch mit der Pferdekutsche hochfahren lassen. Im Winter ist das ein ganz besonderes Erlebnis, in einer Pferdekutsche durch den mit Schnee bedeckten Wald zu fahren. Mehr Romantik gibt es kaum.

Richard darf mit seinem Auto als einziger den Berg hinauf fahren, was sehr hilfreich für die Beschaffung der Lebensmittel ist.

Nach 16 Uhr machte sich Richard etwas mürrisch auf den Weg. Seit einer Stunde schneite es unaufhörlich, der Weg runter ins Dorf war beschwerlich. Da das Schloss ab 16 Uhr geschlossen war, kamen die Räumfahrzeuge, wenn überhaupt, erst sehr spät, um den Weg zum Schloss vom Schnee zu befreien. Manchmal, wenn es sehr viel schneite und im Dorf kräftig geräumt werden musste, kamen sie erst am Morgen.

Wenn Richard oder Resi dann vom Berg runter wollten, mussten sie anrufen und warten bis ein Fahrzeug ihnen den Weg frei machte.

Richard fuhr vorsichtig und langsam den Berg hinunter. So dauerte es ziemlich lange bis er Hohenschwangau erreichte. Er holte die Einkäufe, die von Resi schon am Morgen telefonisch bestellt worden waren und gönnte sich bei seinem Freund Alois, dem die Bäckerei im Dorf

gehörte, einen heißen Kaffee. Die beiden Männer unterhielten sich kurz über das Wetter, zu mehr kam es nicht, denn bei Alois im Laden war die Hölle los, so kurz vor Weihnachten. Dann ging es wieder nach Hause zu Resi. Unterdessen war schon geräumt und gestreut worden, sodass er in Windeseile wieder zurück war.
Während Richard die Einkäufe ins Haus trug, machte Resi das Abendessen. „Holst du den Tannenbaum nach dem Essen rein?" wollte Resi wissen. „Ach du lieber Himmel! Den habe ich vergessen", Richard schaute ganz schuldbewusst drein.
Resi deckte den Tisch, sie zog es vor, jetzt nichts zu sagen. Das machte Richard zu schaffen.
Lieber wäre es ihm gewesen, sie hätte wieder geschimpft, aber wenn sie nichts mehr sagte, war sie wirklich sauer. Richard sprang auf, schnappte seine Jacke und rief im Hinausgehen.
„Ich komme sofort wieder!" Dann klappte die Tür zu und Resi war alleine. Ein Lächeln huschte über ihr Gesicht. „Na geht doch", dachte sie bei sich. Wenn sie geschimpft hätte, wäre Richard sicherlich erst morgen losgefahren um den Baum zu holen. Nun plagte ihn das schlechte Gewissen und sie bekam den Baum doch noch heute Abend.
Richard fuhr zu der einzigen Gärtnerei die Hohenschwangau besaß um den bestellten Baum abzuholen. Da stellte er dann fest, dass auch der

Baum für den Aufenthaltsraum noch nicht abgeholt war. So luden sie beide Bäume auf die Ladefläche seines Pickup. Peter, der Inhaber der Gärtnerei, spendierte jedes Jahr zwei Bäume. Meistens wurde der Baum für den Aufenthaltsraum von einem der Führer abgeholt. Das machte dummerweise Thomas, der Führer der krank geworden war. Also nahm Richard den Baum mit zum Schloss. Nach einer halben Stunde war Richard wieder da und sie konnten in Ruhe zu Abend essen. Resi erwähnte den Vorfall auch gar nicht mehr, sie war zufrieden dass der Baum endlich angekommen war. Nach dem Essen stellte Richard zuerst in der Wohnstube, dann im Aufenthaltsraum den Baum auf. Keine leichte Aufgabe, denn beide Bäume hatten eine Höhe von etwa zweieinhalb Meter. Da musste Resi dann doch mithelfen. Gegen 20 Uhr waren sie fertig.
Resi beschloss, das Schmücken auf den anderen Tag zu verlegen, für heute sollte es gut sein. Mit einem Glas Wein ließen die beiden sich auf dem Sofa nieder und sahen sich vor dem Schlafen noch einen Krimi im Fernsehen an.
Am anderen Morgen standen die beiden bereits um 5 Uhr wieder auf. Richard machte wie immer seine Runde und Resi sorgte für ein reichhaltiges Frühstück. Heute wurden beide Bäume festlich geschmückt, in der Wohnung wurde der Kamin mit einer Tannengirlande und Stoffstiefel

versehen, dann half Resi bei den letzten Dekorationen im Aufenthaltsraum.

Für morgen waren nicht so viele Führungen angesagt, denn jetzt wurde es von Tag zu Tag immer weniger. So konnte es Richard etwas gemächlicher angehen lassen. Er nahm Resi den Transport des Mittagessens für Franz ab, stattete Wolfgang in seinem Kiosk einen Besuch ab und hatte sogar noch genügend Zeit um Resi beim einpacken der Keksdosen zu helfen. So ging der Tag auf Schloss Neuschwanstein relativ friedlich zu Ende. Resi machte am Abend noch ein paar Anrufe um die Spenden zu vervollständigen, sie bat noch ein paar Freunde um Hilfe. Der eine oder andere kümmerte sich noch um Kuchen und Gästebetten, sie versprachen auch die Sachen vorbei zu bringen. Dann ließen sie den Tag mit einer Tasse Glühwein ausklingen. Am 22sten wurde Richard um 4 Uhr morgens von einem lauten Knall geweckt. Er sprang aus dem Bett im festen Glauben im Schloss wäre was Schreckliches passiert. Es wäre nicht das erste Mal, dass der Kronleuchter im Thronsaal von der decke stürzt. Doch als Richard in die Küche kam, sah er, was passiert war. Resi werkelte doch tatsächlich schon herum, und als sie eine große weiße Porzellandose von Küchenschrank nehmen wollte, machte die sich selbstständig und stürzte mit einem lauten Knall zu Boden. Die Dose war in lauter kleine Stücke zersprungen. Das war zuviel, Resi brach in Tränen aus. „Och Resi, was ist denn los? Wir kaufen eine neue Dose ist doch nicht so schlimm", wollte Richard seine Frau trösten. „Ach weißt du, alles was ich anfasse geht mir kaputt. Gestern fiel mir der Engel von der Baumspitze herunter. Der war noch von meiner Großmutter, und auch er ist in kleine Teile zerbrochen. Und heute ist es die Keksdose von meiner Mutter! Alles Sachen, die sich einfach nicht ersetzen lassen", schluchzte Resi. Richard nahm seine Frau in Arm um sie zu trösten, dann fragte er mal nach, warum sie um 4 Uhr morgens schon in der Küche war. Es stellte sich heraus, dass Resi schon seit zwei Stunden am backen war. Richard gab es auf, ihr so etwas auszureden.

Als Resi sich beruhigt hatte, kehrten sie die Scherben weg und setzten sich zusammen mit einer Tasse Kaffee und herrlich duftenden noch warmen Plätzchen ins Esszimmer. Von dort aus hat man einen fantastischen Blick auf die Berge. Allerdings nur, wenn es draußen hell ist. So betrachteten sie die Sterne am Himmel.

Dann lief alles wie ein Uhrwerk ab. Um halb fünf abends stand alles für die Feier der Angestellten bereit und man machte es sich gemütlich. Richard hielt eine kleine Ansprache, in der er sich bei allen für die gute Zusammenarbeit während des Jahres bedankte. Am Ende der Feier bedankten sich alle bei Resi für die schöne

Weihnachtsfeier und versprachen am 24sten zu helfen wo sie nur konnten. Zufrieden mit sich und der Welt schlief Resi an diesem Abend ein.

Am anderen Morgen war Resi dann doch nicht mehr so gelassen. Um 5 Uhr fing der Stress schon an. Richard bekam eine Anweisung nach der anderen. Resi hatte ihm eine Liste angefertigt, die er heute noch abarbeiten musste. Das Frühstück fiel etwas kürzer aus als sonst und irgendwie war es mit der Ruhe im Haus nun endgültig vorbei. Zwanzig Führungen standen heute noch an. Franz sollte heute ins Haus zum Essen kommen und die meisten der Angestellten mussten mit den besten Wünschen für eine besinnliche Weihnacht verabschiedet werden.

In der Küche von Resi wurde den ganzen morgen geschnippelt, geputzt, vorbereitet und gekocht. Ach ja, und immer noch gebacken natürlich. Um halb zwei kamen Richard und Franz zum Essen, da stand schon die ganze Küche Kopf.

Die Führungen waren für diesen Tag abgeschlossen, alles war in Ordnung gebracht und die Leute, die Resi in den nächsten Tagen nicht mehr zu sehen bekamen, wollten sich in dem Chaos auch noch verabschieden. Man brachte kleine Geschenke für Resi und Richard mit, bot noch seine Hilfe an, die aber dankend abgelehnt wurde. Dann verließen alle, die nicht dort wohnten, das Schloss. Nur Franz saß noch da, in seiner blauen Uniform, schließlich war er der Sicherheitsmann, dass musste man doch erkennen wenn man ihn sah. Das kam eigentlich nie vor, denn außer wenn er zum Essen zu Resi ging, verließ er sein Kämmerchen mit den Monitoren gar nicht. Aber so hatte er wenigstens das Gefühl wichtig zu sein.

„Franz kommst du morgen Abend auch zu uns?", fragte Resi ihn.

„Gerne, dann bin ich nicht allein zu Haus. Soll ich noch etwas mitbringen?", antwortete Franz überglücklich. Er hatte schon Angst vor dem Heiligabend gehabt. Ist es doch das erste Weihnachtsfest nach dem Tod seiner Frau. Nun war er beruhigt, dass er nicht allein sein musste und die Kinder wären eine willkommene Ablenkung.

„Schön, da habe ich ja etwas Hilfe bei den Kindern. Die müssen zwischendurch beschäftigt werden. Da kannst du mit Richard und den Kindern was spielen oder so", freute Resi sich.

Richard wollte aufbrechen, er hatte noch eine lange Liste abzuarbeiten. Franz nutzte die Gelegenheit und fuhr gleich mit ins Dorf runter, somit brauchte er nicht laufen.

Es war immer noch am schneien. Die Räumfahrzeuge waren zwar am Morgen da gewesen, aber jetzt war schon wieder alles zu. Richard musste sehr vorsichtig sein damit er nicht ins rutschen kam. Unten angekommen setzte er

Franz an dessen Wohnung ab, und fuhr dann weiter.

Die erste Anlaufstelle war der große Supermarkt in Füssen. Dort hatte man schon alles in Kisten verstaut, was man zu spenden hatte. Der Besitzer Fritz war ein alter Schulfreund von Resi und jedes Jahr spendete er sehr großzügig. Seine Schulfreundin dankte es ihm, indem sie eine große Dose mit selbstgebackenen Keksen für ihn mitgab. Fritz und Richard luden die Kisten auf, anschließend ging es weiter zu dem kleinen Kaufhaus. Die Besitzerin hatte vor drei Jahren von der Aktion gehört und Resi angeboten zu helfen. Auch dort waren die Kisten schon fertig gepackt.

Richard wurde herzlich begrüßt, sie erkundigte sich nach Resi, dann kamen auch diese Kisten auf die Ladefläche. Ich habe einige Daunenjacken, dicke Pullover, Kinderhosen, Schals, Mützen und Handschuhe eingepackt. Ich hoffe, die Größen passen so in etwa, gab die Chefin des Kaufhauses eine Erklärung zu den unzähligen Kartons ab. „Ach, das wird schon gehen. Ich danke Ihnen und wünsche ein schönes Weihnachtsfest", damit verabschiedete sich Richard von der Frau. Er bekam noch gute Wünsche und einen Gruß an Resi mit auf den Weg, dann fuhr er zurück nach Hohenschwangau. Dort musste er noch einmal zu seinem Freund Anton, der mit dem kleinen Supermarkt im Dorf.

Der hatte auch noch einige Spenden. Unter anderem Obst, Gemüse, Sprudel, Marmelade, Tee und kleine Spielzeuge für die Kinder. Als die Kartons ebenfalls auf der Ladefläche waren, beschloss Richard eine Plane darüber zu spannen. Der Schneefall wurde immer stärker das würden die Kartons nicht mehr lange aushalten. Anton half ihm die Plane zu befestigen, dann verabschiedeten sich die beiden. Man sah sich ja morgen Abend. Anton kam mit seiner Frau Doris jedes Mal am Heiligabend, sowie noch ein paar andere aus dem Dorf, um Resi und Richard zu helfen.

Die Fahrt ging weiter zu der Metzgerei Gerster. Die spendierten jedes Jahr Fleisch und Wurst. Im Wirtshaus „Königliche Stube" standen schon Töpfe mit Kartoffelsalat und Hähnchenbrust bereit. Richard bedankte sich und übergab auch hier wieder eine Dose mit Kekse von Resi.

Weiter zum Landhaus Müller. Die Chefin freute sich, Richard zu sehen und gab ihm erst einmal ein Stück Leberkäs zur Stärkung. Dann sprach man über den nächsten Tag, wie viel Menschen zu bewirten waren und das Resi eine sehr großherzige Frau ist. Richard bekam einige Schüsseln mit Pudding, zwanzig Hähnchenkeulen und einen ganzen Karton mit Schokoladen-Weihnachtsmännern. Auch hier ließ Richard eine Dose mit Kekse, dann fuhr er weiter.

Sein letzter Anlaufpunkt war die Bäckerei seines guten Freundes Alois. Die beiden sind schon seit der Schulzeit befreundet. Jede Woche treffen sie sich zu einem Stammtischbesuch in der kleinen Dorfkneipe.

„Hallo Alois, Resi schickt mich. Hast du was für sie?", begrüßte Richard seinen Freund.

„Sicher, das werde ich doch nicht vergessen und mir den Zorn Resis einhandeln", witzelte Alois.

„Du siehst verfroren aus, möchtest du einen heißen Kaffee?", bot Alois an.

„Gerne, her damit. Schön heiß und schön viel bitte."

„Sollst du haben. Wie laufen die Vorbereitungen da oben auf dem Berg?", fragte Alois.

„Na wie schon? Wie jedes Jahr mit einer fürchterlichen Hektik und einer durchgedrehten Resi. In diesem Jahr hat sie auch noch die Eltern der Kinder eingeladen. Somit sind es achtzehn Personen und nun kommt sie mit dem Kekse backen nicht mehr nach", klärte Richard seinen Freund auf.

„Ich weiß wie viele kommen werden, schließlich kümmere ich mich um die Liste der Menschen die eingeladen werden", entgegnete Alois.

„Ach richtig! Du suchst ja die Leute aus. Wie kommst du eigentlich an all die Namen?", wollte Richard wissen.

„Das Jahr über versorge ich die Obdachlosen dieser Stadt mit Semmeln und Kuchen vom

Vortag und da lernt man sie und ihre Geschichten recht gut kennen. Ich habe für dieses Jahr nur die Härtefälle ausgesucht, die anderen versorgen wir hier morgen Abend noch. Ich habe für Resi noch einige Tüten Kekse, die wir in der Backstube gebacken haben. Damit sollte sie auskommen. Sag ihr sie soll aufhören zu backen", antwortete Alois.

„Resi und du, ihr könntet die Retter dieser Welt werden", gab Richard zum Besten.

„Nein, das wollen wir nicht. Wir wollen nur einigen Menschen aus unserer Gegend etwas Liebe und Hoffnung geben", antwortete Alois gelassen.

Jetzt hatte Richard ein schlechtes Gewissen, weil er so ironisch war. Da kamen die Männer vom Räumdienst gerade recht um einen Kaffee zu trinken und Alois wurde abgelenkt.

Richard wandte sich den Männern zu. „Hallo Jungs, wie weit seid ihr mit dem Schnee-Räumen?", fragte er. „Von hier aus fahren wir zum Schloss hoch, wir machen euch den Weg noch frei", antwortete einer der Männer.

„Gut dann warte ich hier, bis ihr wieder unten seid. Bei dem was da seit zwei Stunden an Schnee runter gekommen ist, will ich mal besser nicht riskieren hoch zu fahren."

„Gib uns eine halbe Stunde, dann kannst du gefahrlos hinauf", sagte ein anderer.

Richard bedankte sich bei den Männern damit, dass er den Kaffee zahlte, den sie tranken.

Dann hatte er ja noch genug Zeit, um für Resi ein Weihnachtsgeschenk zu besorgen. Wie jedes Jahr machte er das auf den letzten Drücker.

Aber was sollte er ihr schenken? Eigentlich hat sie alles, aber eine Sache gab es da doch. Richard ging zu dem kleinen Geschenkartikelladen am Ende der Straße. Er kaufte einen wunderschönen Rauschgoldengel und verließ das Geschäft mit der Gewissheit das perfekte Weihnachtsgeschenk gefunden zu haben. Wieder bei Alois angekommen, luden die beiden Männer die Kisten ins Auto und Richard fuhr den geräumten Weg zum Schloss hoch.

Resi verstaute das Essen und sah dann die Kleidung, das Spielzeug und die Süßigkeiten durch. Dann wurde alles sortiert, damit alle in etwas das gleiche bekamen.

Es wurde noch ein hektischer 23. Dezember. Auf dem Schloss wurde gekocht, dekoriert, Geschenke verpackt, der riesige Tisch im Esszimmer ausgezogen und gedeckt.

Resi hatte gern alles früh fertig, um am Heiligabend noch etwas Zeit für Freunde und Besorgungen zu haben.

Um 22 Uhr war alles geschafft. Sie kochte noch Tee, nahm einen Teller mit Kekse und setzte sich zu Richard ins Wohnzimmer.

„Richard, findest du nicht, dass wir ein unverschämtes Glück haben? Wir haben unser Einkommen, ein außergewöhnliches Zuhause und tolle Freunde. Wir sollten dankbar dafür sein."
„Das bin ich, Resi, das bin ich. Aber vor allem bin ich dankbar, dass ich mit dir verheiratet bin." Die beiden kuschelten sich auf dem Sofa aneinander und hingen ihren Gedanken nach.
Am nächsten Morgen, dem 24. Dezember, erwachten sie sehr früh. Als sie aus dem Fenster sahen, mussten sie feststellen, dass es die ganze Nacht geschneit hatte. Von hier oben konnte man auf die Stadt und auf die Berge sehen. Alles sah so friedlich aus, als ob der liebe Gott es über Nacht gezuckert hätte um ihnen eine Freude zu machen.
Während Resi sich um das Frühstück kümmerte, bereitete Richard schon mal den Kamin für abends vor. Schließlich sollte es schön kuschelig sein, wenn die Gäste kämen.
Heute wurde ganz ausgiebig und lange gefrühstückt, denn später würden sie nicht mehr zum essen kommen. Resi machte sich Sorgen um die Menschen, die kein Dach über dem Kopf hatten. Wo hielten sie sich denn nur bei dem Wetter auf? dachte sie bei sich. Sie war nur froh, dass die Leute schon um 16 Uhr zum Schloss gebracht wurden. Einige Dorfbewohnen hatten sich bereit erklärt, die Kinder und deren Eltern den Berg hinauf zu bringen.

Resi überprüfte noch die Gästezimmer. Dieses Mal mussten dort 18 Personen einen Platz zum schlafen haben. Alles war perfekt. Das einzige was noch nicht vorbereitet war, waren die Enten. Aber das hatte noch Zeit.

Als sie das Räumfahrzeug hörten, machten sie sich auf den Weg ins Dorf. Man traf sich jedes Jahr um 10 Uhr in der Bäckerei „Alois" mit den Freunden, wo es dann Glühwein, heiße Schokolade und Häppchen gab.

Als sie im Dorf eintrafen, bemerkten sie gleich, dass etwas nicht stimmte. Auf dem Marktplatz standen Polizei und Rettungswagen, es herrschte ein völliges Durcheinander.

Als ein schwarzer Wagen auf den Marktplatz fuhr, wussten sie, es musste etwas ganz schreckliches passiert sein. Zwei Polizisten bemühten sich, zwei kleine Kinder unter Kontrolle zu bekommen, die bei dem Anblick des schwarzen Wagens zu schreien und strampeln begannen.

Als Resi das sah, rannte sie auf die Polizisten zu. Das war unmenschlich was da ablief, sie musste den Kindern helfen. „Was geht hier vor sich?" fragte sie einen der Polizisten mit barschem Ton. „Das sind Obdachlose, die Eltern sind letzte Nacht erfroren und wir wollen die Kinder in das Waisenhaus bringen", gab der Polizist bereitwillig Auskunft.

Resi wurde ärgerlich. Was sollte das? Die Kinder hatten gerade ihre Eltern verloren. Sie konnten mit der Situation doch gar nicht umgehen und jetzt sollten sie in ein Waisenhaus gesteckt werden? Am Heiligabend? Sie musste dringend was unternehmen.

„Wir nehmen die Kinder erst einmal mit in die Bäckerei, damit sie sich aufwärmen und eine Tasse Kakao trinken können, dann sehen wir weiter", sagte Resi bestimmend.

„Das geht nicht! Die Fürsorge trifft jeden Moment ein", gab der Polizist zu bedenken.

„Ich nehme die Kinder mit. Wenn die Fürsorge eintrifft, sollen sie sich in der Bäckerei bei mir melden. Ich werde mit den Leuten reden."
In Resi ihrer Stimme war etwas, das keine Widerrede erlaubte.

Resi nahm die Kinder an die Hand und verschwand mit ihnen in der Bäckerei „Alois".

Der Polizist starrte etwas ratlos hinter ihnen her, was sollte er tun?

„Na, am besten warte ich auf die Fürsorge. Sollen die sich doch mit der Frau auseinandersetzen", dachte er mit einem Achselzucken.

Er ging wieder seiner Arbeit nach. Am Heiligabend wollte er sich nicht mit dieser resoluten Frau anlegen.

Unterdessen war Resi mit den Kindern in die Küche von Alois gegangen, und versorgte sie mit Kakao und Semmel. Das kleine Mädchen war bezaubernd. Mit ihren blonden Locken und dem Puppengesicht sah sie wie ein Engel aus.

Sie saß am Tisch und rührte nichts an. Der Bub war um einiges kräftiger gebaut als seine Schwester. Er hielt ihr die Semmel vor die Nase und sagte: „Du musst das essen das ist gut für dich." Die Kleine wirkte so zerbrechlich, dass man das Gefühl hatte sie unbedingt beschützen zu müssen. Dieses Gefühl hatte ihr Bruder anscheinend auch. Nach einiger Zeit nahm sie die Semmel und dann gab es kein Halten mehr. Die beiden stopften alles in sich hinein, was auf dem Tisch stand. Anscheinend hatten sie lange Zeit nichts zu essen gehabt. Resi ermahnte sie langsam zu essen, doch das ignorierten die beiden. Resi hoffte nur, dass ihnen nicht schlecht werden würde. „Ob die kleinen Mägen das wohl verkraften?", dachte sie bei sich.

„Ich bin die Resi, wie sind eure Namen?", erkundigte sie sich ganz beiläufig.

„Ich bin Josef und meine Schwester heißt Maria", übernahm der Bub das reden.

„Oh, das sind ja schöne Namen", Resi dachte, wie passend, heute am Heiligabend treffe ich Maria und Josef. „Wenn das nichts zu bedeuten hat."

„Wie alt seid ihr?", wollte sie noch wissen.

„Ich bin 8 und Maria ist 5 Jahre alt", antwortete er anständig.

„Wo sind Mama und Papa?", fragte die Kleine mit weinerlicher Stimme.

Bevor Resi etwas sagen konnte, ergriff Josef das Wort. „Die sind tot! Das habe ich dir doch eben schon gesagt."

„Wann kommen sie denn wieder?", fragte Maria hartnäckig.

Ehe Josef noch einmal so unsensibel antworten konnte, schaltete sich Resi ein. „Mama und Papa sind jetzt im Himmel beim lieben Gott. Sie wachen jetzt aus Himmel über euch", versuchte Resi das Kind zu beruhigen.

„Ach so, dann ist ja gut. Das hat Mama mir erklärt, da bekommen sie jetzt Flügel und wenn ich schlafe schauen sie nach mir." Maria hatte ihre eigene Erklärung gefunden, das war gut so. Richard war nun ebenfalls in der Bäckerei eingetroffen. Er hatte sich noch etwas draußen umgesehen und in Erfahrung gebracht was passiert war. Er setzte sich zu den anderen an den Tisch um sich mit einem Kaffee aufzuwärmen. „Es geht aber auch ein eisiger Wind", dachte er bei sich.

Zwei Frauen betraten die Bäckerei und erkundigten sich nach den Kindern, Alois brachte sie zu Resi in die Küche.

„Guten Tag, mein Name ist Berta Schreiner. Ich bin von der Fürsorge. Das ist meine Kollegin Sabine Wimmer. Wir holen die Kinder ab, um sie ins Waisenhaus zu bringen. „Ach, da seid ihr ja. Kommt wir bringen euch an einen warmen

Ort, wo ihr mit vielen anderen Kindern spielen könnt", forderte diese streng dreinblickende ältere Frau namens Berta Schreiner die Kinder ohne weiteren Kommentar auf. Die Kollegin Sabine Wimmer eine sehr junge Frau mit einem Dutt auf dem Kopf schien noch neu in dem Geschäft zu sein. Sie hielt sich hinter der kräftigen und unglaublich großen Frau Schreiner auf und starrte den Fußboden an.

„Guten Tag, ich bin Resi Brunner, und ich finde nicht, dass Sie die Kinder am Heiligabend in ein Waisenhaus bringen sollten. Ist es nicht schon schlimm genug, dass sie ihre Eltern verloren haben? Müssen sie jetzt auch noch in ein Heim?", schnaubte Resi los.

„Das liegt nicht in unserer Hand. So sehen es die Gesetze vor, tut mir leid Frau Brunner. Oder sind sie eine nahe Verwandte der Kinder?", fragte Frau Schreiner mit einer ausdruckslosen Stimme.

„Nein, bin ich nicht, ich bin eine besorgte Bürgerin, die nur das Wohl der Kinder im Sinn hat." Resi wurde nun aber richtig wütend. „Was sind das für Menschen, die so kalt über zwei kleine Kinder hinweggehen?", fragte sie sich.

Josef nahm seine kleine Schwester in den Arm und beruhigte sie mit den Worten: „Hab keine Angst, Maria. Ich werde auf dich aufpassen, dir wird nichts geschehen."

Das reichte Resi jetzt endgültig. Wie tapfer dieser kleine Bursche doch ist. Sie sah ihren Mann fragend an. Der verstand sie auch ohne Worte und neigte seinen Kopf zu einem Nicken. Das war grünes Licht für Resi.

„Hören Sie mir mal gut zu, Sie Fürsorge-Tanten, es ist Heiligabend und so lange ich in der Nähe bin, werden diese beiden Kinder in kein Heim gebracht und wenn ich den Bürgermeister holen muss!

Haben sie mich verstanden?" Resis Stimme ließ gar keinen Widerspruch zu. Man hatte das Gefühl, wenn nur eine dieser Fürsorge-Tanten Widerspruch einlegen würde, bekam sie eine Bratpfanne an den Kopf.

„Sie sind hier, um im Wohle der Kinder zu handeln, und was tun Sie? Sie erschrecken die beiden zu Tode."

Frau Schreiner schien sich der Gefahr, die von Resi ausging, anscheinend nicht bewusst, holte einmal tief Luft, um zum Gegenangriff überzugehen. Doch dazu kam es nicht, denn Richard erkannte die Gefahr und schaltete sich ein.

„Entschuldigen Sie den Ausbruch meiner Frau. Wenn Weihnachten ist, wird sie stets empfindlich, wenn es um Nächstenliebe geht. Aber sie hat Recht, die Kinder können heute auf keinen Fall in ein Heim. Wenn es Ihnen möglich ist, dann lassen Sie die Kinder über die Feiertage bei uns. Wir werden uns gut um sie kümmern", nahm Richard die Unterhaltung mit ernster Stimme in die Hand.

„Oh, und das mit den Fürsorge-Tanten hat meine Frau sicherlich nicht so gemeint", sagte er und warf Resi einen warnenden Blick zu.

Resi sprang über ihren Schatten und murmelte eine Entschuldigung, oder so etwas Ähnliches.

Beide Kinder hatten sich eng an Resi geschmiegt, als ob sie Schutz vor dieser böse wirkenden Frau Schreiner suchen wollten.

Sie hatte beide Arme um Josef und Maria gelegt, so dass die beiden sich sicher fühlen konnten.

Nun kam ein Piepsen hinter dem Rücken von Frau Schreiner hervor. Siehe da, Frau Wimmer hatte auch etwas zu sagen.

„Berta, ich finde das wäre machbar. Finden Sie nicht auch, dass es so für die Kinder am besten ist?"

Frau Schreiner überlegte mit krauser Stirn, ob sie dieser Frau die „Fürsorge-Tanten" verzeihen sollte oder nicht. Dann siegte aber ihr gesunder Menschenverstand. Wie würde ihr Heiligabend aussehen, wenn sie jetzt noch einen Platz im Waisenhaus finden musste? Und der Papierkram!

„Also gut, wir kommen nach den Feiertagen zu Ihnen und dann sehen wir weiter. Ich brauche Ihre Personalien, damit alles seine Richtigkeit hat", brummelte Frau Schreiner.

Nach den Formalitäten setzten sie sich noch eine Weile zu ihren Freunden, die sich auch gleich rührend um die beiden Kinder kümmerten. Resi schlich sich hinaus. Sie steuerte geradewegs auf das Spielwarengeschäft auf der anderen Straßenseite zu. Dort fand sie für Maria einen kuscheligen weißen Bären mit einer Weihnachtsmütze auf dem Kopf und einen nostalgischen roten LKW für Josef. Danach lief sie zu dem Kindermodengeschäft um für die Kinder einige Sachen zum Anziehen zu besorgen. Schließlich sollten sie heute Abend frische Sachen an haben. Resi schätzte die Größen der beiden. Eine Jacke, zwei Hosen, zwei Pullover und etwas Unterwäsche für Josef; ein Kleidchen, eine Hose, eine Jacke, Unterwäsche und zwei Pullover für Maria. Das hatte sie alles in kurzer Zeit gefunden und gekauft. Resi verstaute die Tüten im Auto, dann ging sie zu Alois um die Kinder zu holen. Sie bräuchten dringend noch Schuhe. Die sie jetzt anhatten waren vorne aufgeplatzt, und das bei dem Schnee! Das ging gar nicht. Als Resi rein kam, ging Josef auf sie zu und umarmte sie. „Vielen Dank, dass Sie uns vor dem Heim bewahrt haben, Sie werden gar nicht merken, dass wir da sind", stammelte der kleine Bub. Er nahm seine Schwester an die Hand und bedankte sich auch bei Richard, für die Rettung.

Dann ging es Schuhe, Stiefel und Hausschuhe kaufen. Die Kinder konnten das überhaupt nicht fassen, neue Schuhe so was hatte es schon ewig nicht gegeben.

Danach ging es zurück zur Bäckerei. Die Kinder bekamen noch eine Spezi, während Resi mit Gerda, der Frau von Alois, sprach.

Gerda, eine schlanke, witzige Frau in den besten Jahren war von den Kindern total begeistert.

„Was soll ich für heute Abend noch besorgen?", fragte sie Resi.

„Vielleicht noch das eine oder andere Spielzeug, damit die beiden sich ablenken können. Oder etwas zum Anziehen", schlug Resi vor.

„Hast du die Kleidergrößen der beiden?", fragte Gerda nach.

„Ja, ich schreibe sie dir auf." Resi nahm einen Zettel und notierte die Größen der Kinder. Dann ging sie in die Küche zu den anderen.

Sie verabschiedeten sich von ihren Freunden und baten um Verzeihung, dass die Weihnachtsfeier in diesem Jahr ohne sie stattfinden würde. Natürlich verstanden das alle. Keine Frage.

Als die vier auf dem Weg nach oben zum Schloss waren, streichelte Resi ihren Richard über die Hand und sagte: „Ich wusste doch, Weihnachten geht auch an dir nicht spurlos vorbei."

Im Schloss angekommen, staunten die Kinder nicht schlecht. „Sie wohnen in einem richtigen Schloss?", fragte Maria aufgeregt.

„Ja, so ist es. Es ist nicht unser Schloss, aber wir passen darauf auf", entgegnete Richard.

Während Richard mit den beiden Kindern eine Runde drehte, um ihnen alles zu zeigen, richtete Resi das Bügelzimmer her. Denn alle anderen Räume waren für den heutigen Abend schon belegt. Dann packten sie gemeinsam die Kleidung aus, die Resi für die beiden gekauft hatte.

Maria war ganz begeistert von ihrem neuen Kleidchen und wollte es sofort anziehen. Doch das ließ Resi nicht zu. „Erst einmal geht es ab in die Badewanne und dann legt ihr euch etwas hin. Heute Abend kommen ganz viele Gäste, da müsst ihr ausgeschlafen sein", hielt Resi die Kleine zurück.

Als die Kinder frisch gebadet waren, bekamen sie noch eine Banane und ein Glas Milch. Danach legten sich die beiden in ein richtiges Bett. Sauber, satt und völlig erschöpft schliefen sie ein.

Resi kümmerte sich derweil um das Essen für Abends, schließlich hatte sie viele hungrige Mäuler zu stopfen. Als die Enten im Ofen waren, sagte Richard: „Resi wir müssen uns unterhalten." Seine ernste Mine verriet nichts Gutes.

„Was ist denn los? Ich habe noch so viel zu tun bis unsere Gäste eintreffen." So wollte sie sich vor dem Gespräch drücken, das erkannte Richard sofort. „Doris und Gerda kommen gleich zum helfen. Es ist also alles unter Kontrolle. Setz dich her, und wenn du der Meinung bist, durch aufschieben erledigt sich das Problem von alleine, dann irrst du dich“, reagierte Richard energisch.

Resi wusste dass sie um dieses Gespräch nicht herumkommen würde. „Also dann so schnell wie möglich“, dachte sie.

„Richard, ich möchte die Kinder behalten, da gibt es eigentlich nichts zu reden“, sagte sie bestimmend.

„Es gibt sogar eine ganze Menge zu reden, meine Liebe. Mich betrifft das genauso. Ich hatte schon bei Alois das Gefühl, dass du dich zu sehr in die Sache rein hängst. Wie ich jetzt höre, hatte ich recht damit. Resi, überleg mal, wir sind nicht mehr die Jüngsten. Was wird aus den beiden, wenn uns was passiert? Sollen sie das ganze noch einmal durchmachen? Und wer kümmert sich dann um sie? Werden wir mit der Situation überhaupt fertig? Was ist, wenn die beiden erst einmal richtig realisieren, dass ihre Eltern tot sind, können wir ihnen in der Situation helfen? Im Waisenhaus wären Psychologen, die sich darum kümmern würden. Sind wir noch jung genug um zwei Teenagerphasen zu überstehen? Unser ganzer Tagesablauf wird sich verändern.“ Richard redete ohne Pause auf Resi ein.

„Richard hör auf damit. Wir sind noch nicht zu alt um zwei Kinder aufzuziehen. Schließlich sind das keine Babys mehr. Sie werden sicherlich nachts durchschlafen, ohne gewickelt und gefüttert zu werden. Und ja, sie haben ihre Eltern verloren und das genau ist der Punkt. Was meinst du, wie man sich im Waisenhaus um die beiden kümmert? Glaubst du, die haben Zeit immer dann zu trösten, wenn es gerade wichtig ist? Da sind noch eine Menge andere Kinder, die Zuneigung und Liebe brauchen. Du weißt wie gerne ich Kinder gehabt hätte, aber es war uns nicht vergönnt eigene zu haben. Vielleicht hat das Schicksal es so vorgesehen. Vielleicht erfüllt Gott mir so meinen größten Herzenswunsch. Ich bitte dich nicht die Kinder sofort zu adoptieren. Wir können uns doch als Pflegefamilie anbieten und dann sehen wir weiter. Lass es uns bitte versuchen." Mit den Worten und einem Dackelblick endete Resis Ausführung.

Wenn Richard bloß nicht immer wieder schwach werden würde, wenn sie ihn so ansieht, dann konnte er ihr einfach nichts abschlagen.

„Also gut, versuchen wir es, aber als Pflegefamilie. Wir sprechen nach den Feiertagen mit Frau Schreiner, dann sehen wir was passiert", lenkte Richard ein.

„Danke Richard, ich liebe dich." Sie umarmte ihren Mann, und bevor der noch etwas erwidern konnte, war sie schon wieder in der Küche verschwunden.

Richard dachte über Resi nach, eigentlich wollte er sie gar nicht anders haben. Sie hatte das Herz am rechten Fleck, darum liebte er sie ja so.

Sollte er versuchen, ihr ein ganz besonderes Weihnachtsgeschenk zu machen? „Ich muss noch mal kurz runter ins Dorf.

Bin gleich wieder da", rief er Resi zu. Beim hinauslaufen prallte er mit Gerda und Doris zusammen. „Hoppla, nicht so stürmisch junger Mann", witzelte Gerda. „Ich habe noch was zu erledigen", rief er.

Dann war er verschwunden. Die beiden Frauen schauten sich an und zuckten die Schultern. „Was er jetzt wohl wieder vorhat?", dachte Doris.

Dann verschwanden sie in der Küche, um Resi bei den Vorbereitungen für den Abend zu helfen.

Resi ging zu den Kindern, um sie zu wecken. Sie mussten sich anziehen, bald würden die Gäste eintreffen. „Wo steckt Richard nur wieder? Ich könnte ihn schon gut gebrauchen. ich möchte mich auch noch umziehen und etwas hübsch machen", überlegte Resi laut.

„Geh nur, wir haben hier alles unter Kontrolle", beruhigte Gerda sie.

Kurze Zeit später hörten sie das Knirschen im Schnee und Stimmengewirr. Das hieß die Gäste sind auf dem Weg herauf. Resi holte die Kinder, dann stellten sich die drei an die Tür, um den Besuch zu begrüßen. „Ach schau mal, wer da ist!" Unter den vielen Fremden war Richard zu sehen, und Franz hatte er auch mitgebracht. Die Fahrer bekamen Glühwein und Kekse. Wie jedes Jahr kümmerte sich Richard um die Freunde, die sich um diese Zeit noch auf den Weg zu ihnen machten, um die Weihnachtsgäste zu bringen. Richard warf nur schnell seinen Mantel an die Garderobe, dann legte er los.

Resi und die Kinder begrüßten unterdessen die Neuankömmlinge mit einer heißen Tasse Kakao. „Tante Resi, warum sind all diese Menschen hier?", fragte Maria neugierig.

„Die sind alle gekommen, um mit uns Weihnachten zu feiern", gab Resi zur Antwort.

„Aber Mama und Papa kommen nicht, oder?" fragte Maria traurig. „Nein, mein Schatz, die beiden kommen nicht. Sie schauen euch vom Himmel aus zu. Sie werden immer bei euch sein, in euren Herzen", versuchte Resi die Kleine zu beruhigen.

Josef war ganz still geworden. Er sah nachdenklich aus. „Was ging nur in seinem kleinen Kopf vor?", überlegte Resi. Es gab allerdings nicht viel Zeit zum Nachdenken, denn die Gäste mussten bewirtet werden. Richard kam nun auch zum Helfen. Er hatte die Fahrer mit einem Dankeschön und guten Wünschen für den Heiligabend verabschiedet.

Das Essen war wieder ein voller Erfolg. Alle waren ausgelassen und fröhlich. Wie glücklich alle aussahen, als ob es kein Morgen gäbe, wo der Hunger und die Kälte wieder zuschlagen würden. Nicht an Morgen denken. Für heute waren alle satt, und warm hatten sie es auch. Resi war zufrieden.

Sie beobachtete Josef und Maria, die mit den anderen Kindern an einem extra Tisch saßen. Sie schienen sich ebenfalls prächtig zu unterhalten. Die Kinder kannten sich von der Straße, darum gab es keine Probleme. Sie ließ ihren Blick schweifen, alle sahen so rausgeputzt aus, obwohl die Kleider zum Teil zerrissen, die Schuhe abgelaufen und mit Löchern versehen waren. Alle hatten sie versucht, anständig und angemessen auszusehen. In diesem Moment beschloss Resi, eine Initiative ins Leben zu rufen, die diesen Menschen, die heute hier an ihrem Tisch saßen, zu helfen. Es ist zwar schön, alle am Heiligabend glücklich zu sehen, aber was kommt danach? Sie würde Unterkunft und Arbeit für jeden besorgen. Es gab bestimmt genug Leute im Dorf, die ihr dabei behilflich sein würden. Das war Resis guter Vorsatz für das neue Jahr. Schade, dass Doris und Gerda das jetzt nicht sehen konnten, aber sie mussten runter zu ihren eigenen Familien. Die beiden Frauen hatten große Taschen für Josef und Maria dagelassen. Die sollten sie erst nachher bekommen, wenn sie zu Bett gehen. Sie hätten sicherlich Resis Gedanken geteilt, aber Morgen würde sie ihnen davon erzählen.

Ihre Gedanken wurden jäh von einer jungen Frau unterbrochen, die mit einem Stapel Teller auf dem Arm vor ihr stand, und sie fragend ansah.

„Oh, Verzeihung! Ich war gerade etwas abwesend, was sagten Sie?"

„Ich fragte, wo die Küche ist, ich möchte den Tisch abräumen", wiederholte die junge Frau ihre Frage.

„Na dann mal los! Alle hinter mir her", verkündete Resi und ging mit zwei leeren Schüsseln voran. Alle beteiligten sich an den Aufräumarbeiten. Das Geschirr wurde in die Spülmaschine gestellt, Kaffee und Kakao wurde gekocht Tassen, Milch, Zucker und Schalen mit Kekse ins Esszimmer gebracht. Für die Kinder wurde noch Sprudel und Süßigkeiten bereitgestellt. Dann beschloss Resi, erst die Bescherung zu machen, damit die Kinder etwas zu tun haben.

Sie ging ins Wohnzimmer, machte die große Flügeltür auf und läutete das Glöckchen. Zuerst registrierten die Kinder das gar nicht, bis einer der Buben rief: „Schaut mal, lauter Geschenke und ein Weihnachtsbaum. Was für ein schöner

Weihnachtsbaum!" Das war wohl das Stichwort, denn alle rannten auf einmal los in Richtung Baum. Kurz davor blieb die ganze Meute stehen und sie starrten auf die Geschenke. Es war ein riesiger Berg mit wundervoll eingepackten Geschenken. Jedes mit einem Namensschild versehen. Da zahlten sich Alois seine Informationen aus. Die Kinder drehten sich um, schauten auf ihre Eltern, dann auf Resi und Richard. Bis Richard rief: „Los, an die Geschenke, aber nicht so wild." Die Eltern standen in der Flügeltür und beobachteten die Kinder. Dieses Strahlen in den Kinderaugen war unbeschreiblich. Dann kam das erste Kind mit einem Päckchen. Das ist für dich Mama. Das etwa 10 Jahre alte Mädchen hielt ihrer Mutter ein Päckchen vor die Nase. „Das kann nicht sein, leg es bitte wieder hin", sagte die Frau. „Aber da steht doch dein Name drauf", schmollte das Mädchen. Die Frau nahm das Päckchen, drehte sich um und schaute Resi an.

„Ja, es ist für jeden von ihnen etwas dabei, auch für die Erwachsenen", erwiderte Resi.

Einige der Frauen weinten. Ihre Kinder so fröhlich und glücklich zu sehen, hätten sie nicht erwartet. Auch für Josef und Maria gab es Geschenke. Sie waren deshalb völlig aus dem Häuschen. Josef kam zu Resi und Richard, er umarmte die beiden und stammelte unter Tränen: „Tante Resi, Onkel Richard, ich möchte mich bei euch bedanken, dass ihr das für uns getan habt. Egal was auch passiert, wir werden euch nie vergessen. Seht nur, wie Maria strahlt. Sie hat noch nie in ihrem Leben Weihnachten richtig gefeiert. Möge Gott euch stets beschützen", endete Josef seine Dankesrede altklug. Dann wandte er sich wieder seiner Schwester zu.

Resi musste sich zusammenreißen. Was da aus dem Mund eines 8jährigen kam, war schon erstaunlich. Was für ein toller Bub er doch ist. In diesem Moment wusste sie, das sie das Richtige taten. Auch Richard! Sein Widerstand war nun endgültig gebrochen. Er nahm sich vor, diese beiden Kinder glücklich zu machen.

Resi nahm das kleine Glöckchen und klingelte energisch damit. „So, ich denke, jetzt sind die Erwachsenen dran, ihre Geschenke auszupacken", sagte sie laut genug, dass man sie auch in der letzten Ecke verstand. Von weitem sah das nicht anders aus, als bei den Kindern. Die Augen strahlten und weinten, so viel Glück konnten sie gar nicht fassen.

Zum Dank sangen alle zusammen für Resi und Richard ein Weihnachtslied. Dann bedankte sich noch einmal jeder einzelne bei den beiden. Alle waren glücklich an diesem einen Abend:

„Hier liegt noch ein Päckchen unter dem Baum. Da steht Resi drauf", rief eines der Kinder. „Na, da wollen wir doch einmal sehen, was das

Christkind für Resi gebracht hat", schmunzelte Richard.

Es war ein neuer Engel für die Baumspitze. Resi war entzückt, dass Richard daran gedacht hat. „Maria, möchtest du den Engel auf die Spitze setzen? Dann ist unser Weihnachtsbaum perfekt", fragte sie die Kleine. Richard hob Maria hoch.

Nach ein paar Anfangsschwierigkeiten klappte es dann, den Engel zu platzieren. Alle klatschten in die Hände, als der Engel dort oben erstrahlte. Resi war begeistert. Der Engel war so wunderschön, er war ein würdiger Ersatz für den anderen. Richard war eben doch ein richtiger Schatz.

Der Abend neigte sich dem Ende entgegen. Nach und nach verabschiedeten sich die Gäste, um sich in ein Bett oder auf eine der bereitgestellten Liegen zum Schlafen zu legen. Für diese Menschen war es etwas besonderes, in einem Bett, in einem warmen Raum und gewaschen schlafen zu gehen. Dies kam nicht oft vor.

Als Resi Josef und Maria ins Bett brachte, entdeckten die Kinder die beiden riesigen Tüten. Obwohl den beiden schon die Augen zufielen, packten sie alles aus und fanden, dass Christkind hätte es in diesem Jahr aber besonders gut gemeint. Resi deckte die Kinder zu. Als sie ihnen noch eine Geschichte vorlesen wollte, waren sie schon eingeschlafen. Resi streichelte ihnen noch über die Köpfe, dann ging sie zu Richard.

Resi und Richard waren zu aufgewühlt, um schlafen zu gehen. So beschlossen sie, noch einen Spaziergang zu machen. Sie zogen ihre dicken Fellmäntel an und verließen das Schloss. Der Innenhof war heute Nacht besonders schön, das Mondlicht tauchte alles in ein magisches Licht. Es war so friedlich.

„Resi, ich habe noch einmal nachgedacht. Du hast Recht, wir nehmen die Kinder bei uns auf. Ich werde alles in meiner Macht stehende tun, um die beiden glücklich zu machen. Wir werden gute Ersatzeltern sein."

Resi nahm ihren Mann stumm in den Arm. Ein schöneres Geschenk konnte er ihr zu Weihnachten gar nicht machen. Dagegen verblasste sogar der strahlende Engel auf der Baumspitze.

Am Torbogen blieben sie stehen und schauten zum Himmel. Er war voller blinkender Sterne, so einen Sternenhimmel hatten sie noch nie gesehen. Dann trauten beide ihren Augen nicht: Ein weißer Schleier erschien am Himmel und heraus kam ein Engel in einem weißen Gewand und mit goldenen Haaren. Dieser Engel lächelte den beiden zu und verschwand genau so schnell, wie er gekommen war. Dann schien eine Sternschnuppe zur Erde zu fallen. In diesem Moment wussten Resi und Richard, es würde alles gut werden. Sie hatten vom Himmel eine Botschaft erhalten. Keiner von beiden sprach über den Engel. Sie wussten nicht, dass der andere ihn auch gesehen hatte. Beide glaubten ihre Fantasie hätte ihnen einen Streich gespielt. War es so? Zusammen sprachen sie ein Gebet, dann kehrten sie ins Haus zurück.

Am anderen Morgen wachten alle sehr früh auf. Die Frauen gingen in die Küche, um Resi zu helfen, die Spuren des gestrigen Abends zu beseitigen. Dann machten sie gemeinsam Frühstück. Die Stimmung war zwar sehr gut, doch merkte man den kleinen Wehmutstropfen, der über allen hing, weil sie bald gehen mussten.

Draußen war es anscheinend seit Stunden heftig am Schneien. Der Schnee türmte sich immer mehr auf. Richard holte Resi vor die Tür.

„Schau dir das an, wir können doch jetzt niemanden wegschicken. Außerdem werden wir gar nicht den Berg hinunter kommen. Was sollen wir machen?“, fragte Richard besorgt.

„Wir werden alle hier behalten. Irgendwie schaffen wir das schon“, entgegnete Resi.

Sie gingen wieder rein und verkündeten die Nachricht.

„Ihr könnt hier nicht weg, da draußen ist so viel Schnee wie seit Jahren nicht mehr. Wahrscheinlich kommen wir den Berg gar nicht runter. Wir müssen schauen, ob wir genug Essen für alle haben, sonst müssen wir improvisieren. Morgen werden wir sehen wie es weiter geht. Was sagt ihr dazu?“, fragte Richard alle Anwesenden.

Die junge Frau, ihr Name ist Jasmin, die am Abend das Abräumen des Tisches in Angriff genommen hatte, erhob sich.

„Resi, Richard, wir sind überwältigt von so viel Nächstenliebe. Wir können euch gar nicht genug dafür danken. Aber es wäre nicht richtig eure Gastfreundschaft auszunutzen." Die anderen nickten zustimmend.

Nun erhob Resi sich auch, ihre feste Stimme ließ keinen Widerspruch zu, als sie sagte, wo es lang geht.

„Ihr bleibt alle hier! Es ist Weihnachten, es ist bitterkalt und wir sind eingeschneit. Niemand kommt auf die Idee sich auf den Weg zu machen. Wir werden Namensschilder schreiben, damit wir uns eure Namen besser merken können. Ab jetzt sagen wir „du" zueinander und wir werden die schönsten Feiertage unseres Lebens hier miteinander verbringen.

Ich würde sagen, wir Frauen sehen die Lebensmittel durch. Mal schauen wie weit wir kommen. Die Männer können mit den Kindern spielen und wenn es nicht mehr so schneit, könnt ihr im Hof eine Schneeballschlacht machen. Es gibt keine weiteren Diskussionen! Ihr geht nicht mit den Kindern auf die Strasse, ihr bleibt hier.

Haben das alle verstanden?", fragte Resi in die Runde.

Alle nickten zustimmend, dann meldete sich wieder Jasmin zu Wort. „Gut, wenn wir euch wirklich nicht zur Last fallen, werden wir gerne bleiben. Aber nur wenn wir mithelfen können beim Saubermachen und Essen zubereiten. Und sollten wir das Bedürfnis haben, die Toiletten oder die Böden zu schrubben, dann wirst du das so hinnehmen. Hast du das verstanden, Resi?", fragte Jasmin lächelnd.

„Das ist in Ordnung, dafür wäre ich euch sogar dankbar. Dann werden wir alle gemeinsam einen wundervollen Tag haben", freute sich Resi.

Maria hatte wieder ihr neues Kleidchen angezogen, Resi kämmte ihr die blonden Locken und machte ihr einen Pferdeschwanz. Die tiefblauen Augen der Kleinen strahlten, was Resi glücklich machte. „Maria hast du schon die Sachen alle anprobiert ob sie passen?", fragte Resi.

„Ja, hab ich schon passen alle auch die aus der großen Tüte.

Josef hat auch schon alles probiert, passt auch alles", gab sie zur Antwort.

„Das ist gut. Wenn ihr nachher raus geht, dann ziehst du aber eine Hose und dicke Stiefel an", ermahnte Resi sie. „Ja, ist gut", rief sie noch, dann lief sie zu den anderen Kindern.

Josef saß auf dem Boden vor dem Tannenbaum und sah sehr traurig aus. Resi ging zu ihm, seine rehbraunen Augen waren voller Tränen. Sie nahm ihn ohne Worte in den Arm und streichelte seinen Kopf.

Nach einer Weile beruhigte Josef sich wieder. „Ist schon wieder gut“, sagte er. Resi strich über seine Pausbäckchen. „Weißt du Josef, man muss auch mal weinen, dann geht es wieder. Du musst dich dafür nicht schämen.“ Josef nickte, nahm das ihm angebotene Taschentuch und ging zu Maria.

Resi war nachdenklich, es machte ihm mehr zu schaffen als Maria, zumindest im Moment. Das musste sie gut im Auge behalten. Nun aber genug Trübsal geblasen, los geht's.

Während die Frauen den Tisch abräumten und die Betten machten, ging Resi in ihr Büro um bei Alois anzurufen.

„Frohe Weihnachten, Alois.“ „Euch auch eine frohe Weihnacht, Resi. Na wie ist es gelaufen?“

„Sehr gut, es war wunderbar und wir müssen alle hier behalten wegen dem Wetter.“

„Das haben wir uns schon gedacht. Hier unten geht auch nichts mehr. Peter hat Streudienst, der kommt gegen die Schneemassen gar nicht an. Der Wetterdienst sagt, dass sei der stärkste Schneefall seit fünfzehn Jahren“, informierte Alois sie.

„Haben wir auch schon gehört. Richard ist vorhin angerufen worden. Das Schloss bleibt wegen der schlechten Wetterverhältnisse morgen geschlossen. Ich denke, wenn sich nicht entschieden was ändert, bleiben unsere Gäste noch einen weiteren Tag“, antwortete Resi.

„Es wäre schön, wenn ihr uns helfen könntet. Unser Essen wird voraussichtlich nicht reichen und Sprudel bräuchten wir auch noch. Ich rufe gleich Anton an, damit er was einpackt, Semmel und Brot könnte ich auch noch gebrauchen. Kannst du Peter fragen, ob er die Sachen mit dem Räumfahrzeug hoch bringt?", fragte Resi bittend.

„Und Alois, wir brauchen dringend Schlafplätze. Wenn das Wetter weiter so bleibt, können sie nicht draußen schlafen. Wir haben gesehen was passiert. Sie wollen ihre Kinder schützen und dabei erfrieren sie selber. Das können wir nicht noch einmal zulassen."

„Du hast Recht, Resi. Ich versuche das bis morgen zu regeln. Ich werde das Dorf mobilisieren, darauf kannst du dich verlassen. Wir wollten eigentlich zu euch hoch kommen. Das können wir aber vergessen. Wir sehen uns dann wenn wieder alles befahrbar ist. Grüß mir alle und habt noch einen schönen Tag", verabschiedete sich Alois von ihr. Resi hörte noch wie er rief, „Gerda es gibt was zu tun", dann war die Verbindung unterbrochen.

Resi rief bei allen Fahrern an, die ihre Gäste heute wieder runter bringen wollten, man würde sich melden wenn es so weit wäre, sagte sie allen.

Dann rief sie Anton an. „Frohe Weihnachten, Anton", begrüßte sie den alten Freund.

„Seid ihr eingeschneit?" fragte er sofort.

„Ja, darum rufe ich an, Anton. Wir brauchen eure Hilfe."

„Dann bleiben alle noch bei euch?", fragte er.

„Genau. Und unser Essen reicht nicht aus. Könntest du in deinen Laden gehen und einiges zusammenpacken? Alois sagt Peter Bescheid, der soll alles hochbringen."

„Sicher, sag mir was du brauchst", erklärte Anton sich sofort bereit.

„Mir fehlen Käse, Wurst, Butter Kartoffeln, irgendwas an Fleisch und Gemüse. Ach ja, und Getränke wenn es geht. Brot und Kuchen wird Alois besorgen", Resi hoffte nichts vergessen zu haben. „Anton, vielleicht noch etwas Obst, sonst fällt mir nichts mehr ein."

Währenddessen waren Alois und Gerda schon am Einpacken. Peter wollte in einer halben Stunde bei ihnen sein. Gerda packte Brot, Semmel und Kuchen ein, Alois packte noch Kaffee, Kakaopulver und zehn Liter Milch dazu.

Sie hatten einige Leute aus dem Dorf angerufen und um Mithilfe gebeten. Alle hatten sich sofort bereit erklärt alles zusammen zu packen, was sie entbehren konnten. Wie sich herausstellte, war das eine riesige Menge. Alle brachten ihre Spenden zu Alois, von wo Peter die Kisten abholte.

Alois war zufrieden. Alle im Dorf hatten sich beteiligt. Sie waren schon eine tolle Gemeinde,

wenn es darum ging anderen zu helfen. Nirgendwo würde er lieber leben wollen als hier.
Alois beschloss mit Peter den Berg hinauf zu fahren. Er wollte selber mal nachsehen ob alles in Ordnung war.
Im Schloss hörte man das Räumfahrzeug kommen. Die Männer gingen hinunter um bei den Kisten zu helfen. Alois nahm eine Tasche, die Gerda ihm mitgegeben hat und ging zu Resi, die schon wieder in der Küche werkelte.
„Hallo Alois, schön das du gekommen bist. Wo hast du Gerda gelassen?", begrüßte sie ihn herzlich.
„Gerda telefoniert mit dem Bürgermeister und dem Obdachlosenheim in Füssen, um die Plätze zu sichern. Vielleicht kommen wir gegen Abend noch her. Peter hat beim hochfahren gleich den Schnee weg geschoben und gestreut. Das macht er auf dem Rückweg auch noch einmal. Dann ist der Weg wieder einigermaßen befahrbar", gab Alois Auskunft.
„Das ist beruhigend. Es kann ja was dringendes sein, dann kommt man hier nicht weg. Das ist kein gutes Gefühl", erwiderte Resi.
„Toll, dass Gerda die Sache mit den Schlafplätzen in die Hand genommen hat. Wenn sie das nicht schafft, dann kann es keiner." Resi war zuversichtlich, was die Schlafplätze anging.
Nach einer Tasse Kaffee fuhren Peter und Alois wieder runter ins Dorf.

Der Schneefall hatte aufgehört, so konnten die Männer mit den Kindern draußen im Innenhof eine Schneeballschlacht machen.

Völlig erschöpft und durchgefroren kamen sie nach einer Stunde wieder rein. Nach dem Essen verkrochen sich die Kinder um ein Mittagsschläfchen zu machen.

Die Männer machten sich auf eine Besichtigungstour durch das Schloss. Die Frauen bereiteten alles vor, um mit den Kindern nachher Kekse zu backen. Dann setzten sie sich mit Tee und Gebäck ins Wohnzimmer und unterhielten sich. Resi wollte alle Schicksale genau wissen. Sie machte sich Notizen. Warum das wusste sie zu diesem Zeitpunkt auch nicht, sie tat es einfach.

Für jede Familie legte sie so eine Art Karteikarte an: Das Alter der Personen, das Geschlecht, Berufsausbildung und warum sie Obdachlos waren. Dann kam heraus, welche Hobbys und Fähigkeiten die Erwachsenen haben. Zum Beispiel konnten einige stricken, häkeln, nähen oder gut tapezieren, Resi schrieb alles auf.

Sie hätte nicht gedacht, dass fast alle durch Arbeitslosigkeit in diese Misere geraten sind. Im Januar wollte sie mal sehen, ob sie nicht ein paar Jobs auftreiben konnte.

Nachmittags wurde in der Küche gebacken. Die Kinder waren eifrig dabei, es machte ihnen offensichtlich viel Spaß.

Nun saßen die Männer im Wohnzimmer und auch Richard erfuhr nun etwas über seine Gäste. Josef und Maria schienen sich richtig wohl zu fühlen. Sie waren ausgelassen und fröhlich. Nur manchmal, wenn sie sich unbeobachtet fühlten, wurden ihre kleinen Gesichter traurig und die Augen füllten sich mit Tränen. Resi wusste, die Kinder würden noch lange ihre Eltern vermissen.

Die beiden müssen ihre Kinder sehr geliebt haben. Resi hatte von Alois erfahren, dass die Eltern die beiden mit ihren Körpern vor der Kälte schützen wollten und dabei erfroren sind. Wie das Schicksal manchmal zuschlägt. Die Kinder haben die Nacht überlebt, dafür haben sie nun keine Eltern mehr. Wie schrecklich das doch war. So etwas Fürchterliches darf auf gar keinen Fall noch einmal passieren, beschloss Resi.

In der Küche wurde schon wieder für das Abendessen gesorgt. Die gebrachten Lebensmittel wurden zubereitet oder verstaut. Die Kinder hatten sich im Wohnzimmer versammelt und spielten. Die Männer deckten den Tisch. So war jeder irgendwie beschäftigt, als es an der Haustür klingelte.

Richard öffnete die Tür und stand Alois, Gerda und dem Bürgermeister gegenüber.

„Na, dass ist ja ein toller Besuch. Kommt rein“, bat er die Neuankömmlinge.

Resi kam aus der Küche um zu schauen wer sich jetzt noch den Weg hinauf traute. Sie staunte nicht schlecht, mit Alois und Gerda hatte sie gerechnet, aber was wollte der Bürgermeister hier?

Sie bat alle in die Küche, dort gab es Glühwein. Alois und Gerda wollten lieber Kaffee und nach den Kindern sehen. Der Bürgermeister bat um ein Gespräch unter sechs Augen.

So gingen Richard und Resi mit ihm ins Büro, wo sie ungestört reden konnten. Resi hatte kein gutes Gefühl. Wollte er Josef und Maria abholen und doch in ein Heim bringen? Ihre Gedanken überschlugen sich. Das sollte er mal versuchen, „aber nur über meine Leiche", dachte sie. Na, so weit wird es wohl nicht kommen, oder? Resi war aufgeregt, sie fing an zu zittern, ein Kloß bildete sich in ihrem Hals. Richard bemerkte die Beklemmung seiner Frau und nahm sie in den Arm. „Keine Sorge, Resi, es wird alles gut", beruhigte er sie.

„Resi, ich bin in erster Linie wegen der Kinder hier. Ihr Mann hat mich gestern aufgesucht und mich gebeten so schnell wie möglich etwas wegen der Kinder zu unternehmen. Heute Morgen bekam ich dann noch einen Anruf von Richard, wegen der Adoption. Und nun bin ich hier. Es gibt eine gute Nachricht. Als Erstes sind sie mit sofortiger Wirkung die Pflegeeltern von Josef und Maria.

Die zweite gute Nachricht ist, dass ich mich für eine Adoption eingesetzt habe. Alle Leute, die ich dafür anrufen musste, haben zugestimmt. Ich hatte erst Bedenken an Weihnachten den Richter zu belästigen, aber eben weil Weihnachten ist, war er milde gestimmt. Das wird zwar noch eine Weile dauern, denn zuerst muss geklärt werden, ob noch Blutsverwandte existieren, doch dann steht einer Adoption nichts mehr im Wege."

Resi brach in Tränen aus. Sie bedankte sich bei dem Bürgermeister und fiel Richard um den Hals. „Da warst du also gestern noch. Danke Richard, dass bedeutet mir sehr viel. Ich dachte du wolltest nur Franz abholen." Sie lief ins Wohnzimmer schnappte sich Maria und wirbelte sie durch die Luft. Dann kam Josef an die Reihe. Die beiden standen nach der Achterbahnfahrt völlig verdutzt da. „Tante Resi, was ist denn los?", fragte Josef.

„Kommt alle her, ich habe euch was mitzuteilen", rief sie laut. Als alle versammelt waren, gab sie die frohe Botschaft bekannt. Maria kam zu ihr. Sogleich wurde sie wieder auf den Arm genommen. „Tante Resi, ist das keine gute Bosschaft?", fragte sie vorsichtig.

„Spatz, das heißt Botschaft nicht Bosschaft, und ja es ist ganz toll", verbesserte Resi sie. „Warum weinst du dann?", fragte Maria. „Weil ich so glücklich bin. Ihr seid jetzt hier zuhause. Wenn ihr wollt, könnt ihr für immer hier bleiben", klärte Resi sie auf. „Wirklich, wir dürfen hier bleiben?", fragte Josef noch einmal. „Ja, dass sage ich doch die ganze Zeit", rief sie aus. Dann brach Jubel aus. Josef stürmte auf Richard zu, Maria küsste Resi ihr Gesicht immer und immer wieder.

Der Jubel kam deshalb so spät, weil Resi so schnell sprach und ihre Stimme sich überschlug als sie die freudige Botschaft verkündete. Erst später hatten alle begriffen, was es bedeutete.

Alle gratulierten, dankten dem Bürgermeister und freuten sich mit Josef und Maria über so viel Glück.

Als sich alle beruhigt hatten, ergriff Alois das Wort.

„Hört mal her, es gibt noch etwas, was der Herr Bürgermeister verkünden möchte."

Es dauerte einen kleinen Moment, bis es endlich still war.

„Liebe Anwesende", fing er ganz förmlich an.

„Ich weiß nicht, ob es an Weihnachten liegt, oder an den sentimentalen Menschen die hier leben. Den ganzen Morgen habe ich Anrufe erhalten. Ich habe den Verdacht, dass Gerda das angezettelt hat. Aber egal wer auch immer das war, hat mir meinen Weihnachtsfeiertag nicht gegönnt. Ich wurde von sehr vielen Menschen bedrängt, etwas gegen die Obdachlosigkeit in unserem Dorf zu unternehmen.

Anscheinend kann die Angelegenheit nicht warten bis nach Weihnachten. Man drängte mich, ich solle mich sofort darum kümmern. Nun, dass habe ich getan, sonst hätte ich wahrscheinlich bis Neujahr keine ruhige Minute mehr gehabt. Also, ich habe ein Haus gefunden, was der Stadt gehört und was wir zur Verfügung stellen können. Das wird aber erst ab dem 27. Dezember aktuell. Bis dahin werden all die netten Leute, die mich heute angerufen haben, Schlafplätze zur Verfügung stellen. Ich möchte jetzt wieder zu meiner Familie, die extra aus der Schweiz angereist ist um mich zu besuchen. Aus diesem Grund erwarte ich sie alle am 27. Dezember um 10.30 Uhr im Gemeindehaus. Dann wird alles Weitere besprochen. Wie ich hörte, bleiben alle bis Morgen hier im Schloss. Im laufe des Tages melden sich die Familien hier, die Schlafplätze zur Verfügung stellen. Alles andere können Sie selber regeln. Ach eins noch: Resi, Gerda Sie beide werden für das Haus bürgen. Da können Sie schon einmal drüber nachdenken." Damit schloss der Bürgermeister seine Rede. Mit einem „Allen noch einen schönen Feiertag", verabschiedete er sich.

Die Stimmung an diesem Abend war unbeschreiblich. Das Abendessen verzögerte sich dementsprechend. Es war bereits nach 21 Uhr, als die Kinder endlich ins Bett gebracht wurden. Alois und Gerda blieben zum Essen da, alle bedankten sich überschwänglich, dann verabschiedeten auch sie sich. Josef und Maria wurden wieder von Resi in ihr provisorisches Zimmer gebracht.

„Ich verspreche euch, wenn alle weg sind, bekommt ihr ein richtiges Zimmer“, sagte sie entschuldigend.

„Tante Resi mach dir keine Sorgen. Wir wissen, dass die anderen eure Hilfe genauso brauchen. Schließlich sind wir nicht alleine auf der Welt“, beruhigte Josef sie. Maria legte ihre kleinen Ärmchen um Resi und flüsterte ihr ins Ohr: „Ich hab dich lieb.“ Resi war berührt, diese beiden Kinder waren einfach unglaublich. Beide bekamen einen Gute Nacht Kuss. „Ich habe euch auch lieb und schlaft schön“, sagte sie noch. Dann verließ sie das Zimmer. Richard wollte den beiden heute Abend eine Geschichte vorlesen. So hatte sie etwas Zeit um alles heute Abend Geschehene zu verdauen. Sie zog sich ihren Mantel an und ging in den Innenhof. Der Himmel war wieder so klar und strahlend. Resi stand da, schaute in den Himmel. Tränen liefen über ihr Gesicht. Dass sie in ihrem Alter noch das Glück haben durfte, zwei so reizende Kinder bei sich zu haben, dafür dankte sie Gott.

Als sie sich wieder gefasst hatte, ging sie wieder zu den anderen.

Es wurden noch Pläne für das Haus geschmiedet und ein Plan erstellt, wer was für Aufgaben erledigen konnte.

An diesem Abend gingen Richard und Resi voller Glücksgefühle ins Bett, um am anderen Morgen ausgeruht und erfrischt aufzuwachen.

Der Duft von Kaffee lockte Resi in die Küche. Sie traute ihren Augen nicht. Das Frühstück war vorbereitet, die Tische gedeckt und die Kinder frisch gewaschen und angezogen. Auch Josef und Maria waren frisch wie der junge Morgen. Draußen schneite es ganz fein und der Kamin brannte. „Was für ein toller Morgen", dachte Resi, als sie sich eine Tasse Kaffee eingoss.

Sie verbrachten einen entspannten Vormittag, und aßen gemeinsam zu Mittag. Dann trudelten so langsam die Fahrer ein, um die Gäste von Schloss Neuschwanstein mit ins Dorf zu nehmen. Man verabschiedete sich etwas wehmütig von Resi, Richard und den Kindern. Jasmin nahm Resi in den Arm: „Weißt du überhaupt, wie glücklich du uns alle gemacht hast? Du und Richard, ihr habt es verdient glücklich zu sein. Wir alle danken euch sehr. Möge Gott euch beschützen", sagte sie und die anderen stimmten zu.

Alle versprachen am nächsten Tag ins Gemeindehaus zu kommen. Dann waren die vier allein. Resi fand, in diesem Jahr waren alle so zufrieden und emsig gewesen. Die Betten waren zusammen geräumt, die Küche sauber und ordentlich, sie hatten sogar Staub gesaugt und gewischt. Sie musste nur noch die Bettdecken verstauen und die Laken und Bezüge waschen. Dann war alles wieder wie vorher. Nun war es an der Zeit, sich um Josef und Maria zu kümmern.

Sie zogen sich richtig warm an, dann machten sie einen Spaziergang zur Marienbrücke.

„Wie gefällt es euch bei uns?", eröffnete Resi das Gespräch.

„Sehr gut, obwohl wir Mama und Papa sehr vermissen. Aber es ist schön hier zu sein und nicht in einem Heim", antwortete Josef wieder altklug.

„Ist es euch auch recht, wenn wir eure Pflegeeltern werden?", fragte Richard.

„Das ist ganz toll. Dürfen wir dann für immer in dem Schloss wohnen?", fragte Maria.

„Ja, für immer bei uns im Schloss. Na ja, nicht für immer. Wenn ich nicht mehr hier arbeite, ziehen wir ins Dorf, aber bis dahin bleiben wir alle hier oben. Es würde allerdings ein paar Regeln für euch geben. Das Schloss gehört uns nicht, wir passen nur darauf auf. Deshalb wird nie im Schloss gespielt. Ich gehe mit euch hinein um euch alles genau zu zeigen. Wenn ich dabei bin, dürft ihr euch alles genau ansehen, aber alleine geht ihr niemals hinein. Noch eins, hier werden jeden Tag ganz viele fremde Menschen sein. Ihr dürft mit keinem mitgehen, habt ihr das verstanden?", fragte Richard eindringlich.

Die beiden Kinder nickten und versprachen sich daran zu halten.

„Wir werden euch keinen Kummer machen, das versprechen wir ganz fest", sagte Josef und Maria nahm ihre kleine Hand, legte sie auf ihre Brust und nickte dazu.

Sie tobten noch im Innenhof mit den Kindern, ließen sie Schneeengel machen und bauten einen Schneemann.

„Nun lasst uns aber rein gehen, wir müssen noch eure Zimmer herrichten." Der Abend verlief sehr harmonisch. Nur einmal wurde Maria traurig, aber ihr Bruder nahm sie sofort in den Arm um sie zu trösten. Resi brachte die beiden dann zu Bett und erzählte ihnen eine Geschichte. Von Moppel dem Zwergkaninchen. Darüber schliefen sie dann auch schnell ein.

Am anderen Morgen fuhren Resi und die Kinder nach dem Frühstück ins Dorf. Richard musste im Schloss bleiben, denn ab heute war wieder geöffnet.

Zuerst gingen sie zu Alois um einen Kakao zu trinken. Von da aus wollte man gemeinsam zum Bürgermeister gehen.

Gerda hatte auch noch einiges zu erzählen. Sie hatte gestern noch vieles für das Haus organisiert, und sie hatte noch einmal mit dem Bürgermeister gesprochen.

„Also da gibt es ein verlassenes Haus am Stadtrand, das gehört der Gemeinde. Sie stellen es
uns zur Verfügung unter der Bedingung, dass
wir es alleine renovieren, und es auch weiterhin
in Schuss halten. Dafür muss ein Jahr lang keine
Miete gezahlt werden. Danach müssen wir ver-
handeln. Er konnte mir nicht sagen, was sie dafür haben wollen. Darum kümmern wir uns aber
erst, wenn es soweit ist. Das Material wird zum
Teil von der Gemeinde und zum Teil von den
Handwerkern im Dorf und aus Füssen gestellt.
Das Werkzeug ebenso, wenn es nicht in der
Nachbarschaft vorhanden ist. Denn die Männer
aus unserem Bekanntenkreis haben sich bereit
erklärt zu helfen. Sie bringen natürlich ihr eige-
nes Werkzeug mit“, erklärte Gerda.
„Das habt ihr alles in so kurzer Zeit erreicht?“,
fragte Resi ungläubig.
„Du kennst doch Gerda. *Heute bin ich nicht zu
sprechen, es ist Weihnachten*, ist für Gerda keine
zufrieden stellende Ausrede“, ergriff Alois das
Wort.
„Gerda, du bist ein Genie. Mach weiter so“,
lobte Resi ihre Freundin.
„Weißt du Resi, als ich einen Abend mit den
Kindern und deren Eltern verbrachte, ist mir
klar geworden, wie gut es uns geht.
Ich habe gesehen wie dankbar sie waren, bei
euch sein zu dürfen. Und ich habe erfahren, was
für tolle Menschen das doch sind. Da war klar,

dass wir ihnen helfen müssen. Das was da passiert ist am Heiligabend, hat niemand verdient. Außerdem wurde es Zeit, dass unser kleines Dorf mal aufgerüttelt wird. Jetzt zeigt sich der Zusammenhalt ganz klar und wir können beruhigt in die Zukunft blicken", antwortete Gerda. Eigentlich war das immer so, das Dörfchen Hohenschwangau hatte seine eigene Philosophie: Wer Hilfe braucht, soll Hilfe bekommen. Man weiß nicht, was passiert ist, aber in den letzten Jahren ist das sehr ins Hintertreffen geraten. Zum Teil auch durch diese Flut von Touristen, die jeden Tag das Dorf stürmen. Jeder hatte mit sich genug zu tun. Das würde sich nun wieder ändern. „Wie es schien, haben sie alle ihre Nächstenliebe wieder entdeckt", dachte Resi bei sich.

Dann wurde es Zeit, sie mussten ins Gemeindehaus. Alois behielt die beiden Kinder bei sich, während Gerda und Resi sich auf den Weg machten. Vor dem Gemeindehaus war ein richtiger Menschenauflauf. Alle waren da, sogar Nachbarn aus dem Dorf, die helfen wollte.

„Na, das hat sich ja schnell rumgesprochen", sagte Resi zu Gerda.

„Dann wollen wir mal." Die beiden Frauen gingen voran, gefolgt von dem Menschenauflauf.

Der Bürgermeister schaute etwas verdutzt drein, dann atmete er einmal tief durch. Mit soviel Menschen hatte er nun doch nicht gerechnet.

Dann räusperte er sich. Das war das Zeichen, alle waren augenblicklich still.

„Ich möchte Sie alle herzlich begrüßen. Ich freue mich, dass so viele gekommen sind", eröffnete er seine Ansprache.

„Zuerst möchte ich Resi Brunner zu mir bitten. Es gibt da eine Kleinigkeit, die erst erledigt werden sollte."

Er überreichte ihr ein Formular, das sie offiziell zu Josef und Marias Pflegeeltern machten.

Sie unterschrieb sofort, Richard sollte später seine Unterschrift leisten.

Alle klatschten, nun war es amtlich. Resi strahlte über das ganze Gesicht.

„Nun kommen wir zu dem anderen Punkt, dem Gebäude am Stadtrand. Er gab noch einmal die Bedingungen bekannt, die Gerda schon aufgezählt hatte. Ich habe hier eine Liste erstellt, mit den Materialien, die die Gemeinde spendet. Für den Rest müssen sie selber sorgen. Einmal im Monat kommt jemand von der Verwaltung um sich den Zustand des Gebäudes anzuschauen. Gerda und Resi, würden Sie hier bitte unterschreiben?

Sie bürgen für das Haus, das sagte ich ja bereits." Damit schloss er seine Ansprache, die mehr als deutlich war.

Sollte also mit dem Haus was schief gehen, dann würden sie dafür haftbar gemacht.

Aber die beiden Frauen vertrauten den Menschen, die da einziehen würden.

Jasmin meldete sich auch sofort zu Wort, anscheinend hatte sie die Rolle der Führerin übernommen.

„Gerda, Resi, Herr Bürgermeister und natürlich alle Anwesende, wir möchten uns bei ihnen bedanken. Für das Vertrauen, dass sie uns entgegen gebracht haben, und für die helfenden Hände, die sie uns entgegen gestreckt haben. Wir werden Sie nicht enttäuschen. Und sollte jemand von ihnen einmal Hilfe brauchen, werden wir da sein, dass versprechen wir. Gott schütze Sie alle." Wieder nickten die anderen zustimmend.

Der Bürgermeister überreichte Resi noch feierlich den Schlüssel für das Haus, dann verabschiedeten sich alle und gingen vor die Tür.

Dort wurde gejubelt. Resi und Gerda wurden gedrückt und geknuddelt. Dann gingen sie geschlossen los, um sich das Haus anzusehen.

Als die Besichtigung beendet war, kümmerten sich Jasmin und Resi um die Verteilung der Arbeiten. Jeder bekam seine Aufgabe zugeteilt. Die Männer aus dem Dorf stiegen in ihre Autos um Material und Werkzeug zu holen. Die anderen fingen an das Haus zu entrümpeln.

Resi und Gerda gingen zurück zur Bäckerei. Gerda, um Putzmittel zu holen, Resi um nach den Kindern zu sehen und Richard anzurufen. Er sollte nachher kommen und die Papiere un-

74

terschreiben dann könnten sie später mit allen das tolle Ereignis feiern.

Resi ging mit den Kindern noch Kleidung kaufen. Josef sollte ab Januar zur Schule und Maria in den Kindergarten gehen. Außerdem brauchten sie noch richtig warme Sachen, wenn sie draußen spielen wollten. Dann ging es ab in den Spielzeugladen. Sie brauchten noch Spiele für Abends, Malbücher, Kinderbücher und Stifte. Um die Schulsachen würde sich Resi nach Neujahr kümmern. Jetzt hatten sie andere Sachen zu tun.

Richard war ganz aus dem Häuschen, als sie ihm die Sache von der Unterschrift mitteilte, er versprach so bald wie möglich zu kommen.

Im Dorf war reges Treiben. Da liefen Leute mit Farbeimer, Tapetenrollen, Stoffe und was sonst noch alles rum. Jemand kam in die Bäckerei. Man hatte eine Liste mit Möbel erstellt, die jeder noch so im Keller hatte. Da waren Betten, Sofas, Sessel, Tische, Stühle und Kleiderschränke bei.

Dann standen noch Bettwäsche, Gardinen, Handtücher, Geschirr und Besteck auf dem Zettel. Der Inhaber von dem Haushaltswarengeschäft kam und bot an, Töpfe und Pfannen für jede Familie zu spenden. Die Kinder hatten ihre Kleidung und Spielzeug durchgesehen und zusammengepackt. Die Kartons wurden bei Alois abgegeben. Anton vom Supermarkt wollte die Grundlebensmittel für alle spendieren. Dann kamen die ersten Anrufe aus Füssen. Dort hatte man eine große Sammelaktion gestartet. Es kamen Wolldecken, Oberbetten, Kissen und Küchengeräte zusammen. Es gab auch Einkaufsgutscheine für jede Familie, damit sie die ersten zwei Wochen überstehen konnten. Es wurde eine Flut ausgelöst, wie Resi und Gerda es sich nicht hätten träumen lassen. Anscheinend wurde die Aktion im Radio bekannt gegeben, denn es kamen immer mehr Spenden und Anrufe. Darum musste Alois sich weiter kümmern. Auch um die Transporte der Sachen und eine Möglichkeit, wo die Sachen zwischen gelagert werden können. Aber Alois würde das schon machen. Sie wollten mit den Kindern zu den anderen und die guten Neuigkeiten erzählen.

Am Nachmittag kamen Alois und Richard zu dem Haus, um zu schauen wie es voran ging. Sie waren erstaunt: Es war entrümpelt, die ersten Räume waren gestrichen, eine Frau saß da mit einer Nähmaschine und nähte Gardinen. Die Toiletten waren abmontiert und wurden schon durch Neue ersetzt.

„Das läuft ja wie geschmiert", rief Alois in die Runde. Als man die beiden Männer sah, wurden sie überschwänglich begrüßt.

Richard rief dann mit seiner sehr kräftigen Stimme. „Ich war gerade beim Bürgermeister. Die Papiere sind unterschrieben.

Jetzt sind Josef, Maria, Resi und ich eine richtige Familie. Das wollen wir feiern. Alois und ich haben Semmel, Kuchen und Leberkäs mitgebracht, außerdem gibt es Kaffee und Sprudel für alle."

Josef und Maria sahen sich an, was hatte er gesagt? Sie sind jetzt eine richtige Familie? In dem Moment als sie die Worte begriffen, rannten sie auf die beiden zu und sprangen an ihnen hoch. Maria kreischte mit ihrer piepsigen Stimme, dass sie sich fast überschlug. Dann jubelten auch alle anderen. Gönnte man den Kindern doch ihr Glück von ganzem Herzen.

Am Abend war das meiste, dank der vielen Helfer aus dem Dorf, geschafft. Morgen sollten die Kleinigkeiten noch erledigt und die restlichen Möbel herangeschafft werden.

Heute war ein ereignisreicher Tag gewesen. Alle waren müde und erschöpft.

Als sie sich auf den Weg machen wollten, kamen noch unverhofft sechs Besucher. Alles Geschäftsleute aus dem Ort und aus Füssen.

Sie hatten sechs Arbeitsstellen im Gepäck. Ab dem zweiten Januar hatten fünf Männer und eine Frau eine feste Arbeitsstelle. Besser hätte der Tag kaum enden können.

Jasmin ergriff dann auch noch einmal das Wort. Sie bedankte sich im Namen aller für so viel Wohltätigkeit. „Sie haben alles nur Menschenmögliche getan, um uns auf den rechten Weg zu bringen. Ab jetzt werden wir es alleine schaffen. Wir sind in den letzten Tagen eine starke Gemeinschaft geworden und dass werden wir auch bleiben. Wir wollen uns gar nicht ausmalen, was passiert wäre, wenn wir nicht so viel Hilfe bekommen hätten.

Sie alle haben für ein Weihnachtswunder gesorgt, dass werden wir niemals vergessen."

Damit verneigte Jasmin sich vor den Wohltätern.

Dann ging sie auf Resi zu, nahm sie in den Arm und sagte: „Solltest du jemals Hilfe brauchen, lass es mich wissen."

„Das ist doch nicht unser Verdienst. Das war auch kein Wunder. Das waren Zufälle die gerade alle zusammen kamen", entgegnete Resi.

„So, das waren also Zufälle? Am Heiligabend zwei Kinder ein Zuhause zu geben, die ausgerechnet auch noch Maria und Josef heißen, ist ein Zufall? Nein, meine Liebe, das ist ein wahres Weihnachtswunder", sagte Jasmin bestimmt. Alle Anwesenden bestätigten das mit tosendem Beifall.

Von nun an wurde diese Geschichte an jedem Heiligabend in jeder Stube erzählt, und bis zum heutigen Tag gilt es als:

„Das Weihnachtswunder von Schloss Neuschwanstein".

Noch ein letztes Wort:

Ich versuche schon sehr lange, immer wieder Menschen zu helfen, die in Not geraten sind. Leider gibt es unter ihnen auch mal den einen oder anderen, der das ausnutzt. Doch mein Motto ist: Die, die wirklich Hilfe brauchen, sollen nicht darunter leiden. So stecke ich die eine oder andere Niederlage einfach weg und mache weiter.

Aus diesen Gedanken heraus ist das Buch:

"Das Weihnachtswunder von Schloss Neuschwanstein" entstanden.

Die meisten von uns sind trotz des Euros und den damit verbundenen Preiserhöhungen, in der Lage, ihr Leben zu meistern. Leider gibt es sehr viele Mitmenschen, denen es nicht so geht. Schlimm wird es erst richtig, wenn Kinder im Spiel sind.

Ich meine, wenn jeder von uns anderen nur ein klein wenig Mitgefühl und Anteilnahme zeigt und beweist, dann werden wir den Kindern helfen können. Erwärmt es nicht jedermanns Herz, wenn Kinderaugen strahlen. Oder uns ein Kinderlachen trifft. Das Gefühl, wenn man ein Baby auf dem Arm hat, ist unbeschreiblich. Man sieht die Zukunft und die Vergangenheit in diesem kleinen Wesen. Es durchströmt unseren Körper. Diese wohlige Wärme des Glücks. Möchten wir nicht alle, dass jedes Kind auf dieser Erde die gleichen Chancen hat? Wünschen wir uns nicht für jedes Kind, dass es glücklich in der Familie aufwächst? Warum sehen dann so viele Menschen zu, wenn es den Kindern in unserer Umgebung schlecht geht? Ich verlange nicht, dass Sie Geld geben. Doch ein bisschen Aufmerksamkeit sollten Sie schon erübrigen. Ein Butterbrot, etwas zu trinken, ein wenig Obst oder eine Tüte Kekse, können Wunder bewirken. Es geht nicht um die Lebensmittel, nein es geht um die Aufmerksamkeit, die man diesem Kind schenkt. In jeder noch so kleinen Geste gibt man zu verstehen, du bist nicht allein. Du wirst geliebt. Gehen Sie mit offenen Augen durch die Welt und machen Sie ein Kind glücklich. Lassen Sie ein Wunder geschehen, Gott und das Kind werden es Ihnen danken.

Ich für meinen Teil habe beschlossen, aus dem Erlös dieses Buches einen Teil für die Kinder in unserer Stadt zu spenden. Was haben Sie vor?

Ein glückliches Leben wünscht Ihnen

Marion Wittrowski

Die Autorin

Marion Wittrowski, geboren im Jahre 1958, hat dieses Buch geschrieben, um zu zeigen, wie wundervoll es sein kann, anderen Menschen zu helfen. Sie appelliert an alle Menschen, ein wenig nach rechts und links zu schauen. Es ist nicht immer notwendig, Geld zu geben, bieten Sie einer alten Dame in Ihrer Nachbarschaft ab und zu Ihre Hilfe an, oder lächeln Sie einen Mitmenschen auf der Straße oder im Bus an. Es ist so einfach, ein wenig zu geben. Auch Sie werden den Tag ganz anders angehen, wenn man Ihnen am Morgen ein Lächeln schenkt.
Dieses Buch wurde geschrieben, um aufmerksam zu machen.
Seien Sie aufmerksam

Weitere Bücher der Autorin:

Das Kochbuch meiner Mutter
Sturmerprobte Hausmannskost für Anfänger und Genießer
Ideal für Kochanfänger
92 Seiten
Paperback
ISBN: 9783833497001 9,90 Euro

Der tägliche Wahnsinn im Leben einer Frau
Wie Sie sich den Alltag mit Kleinigkeiten erleichtern
Ratgeber
108 Seiten
Paperback
ISBN: 9783833495274   9,90 Euro

Herstellung und Verlag:
Books on Demand GmbH, Norderstedt

Autorin: *Marion Wittrowski*